波濤の虹

長谷川順三

Junzo Hasegawa

田畑書店

波濤の虹　目次

第一章

第二章

第三章

第四章

装幀　間村俊一
装画　小畠友理

波濤の虹

第一章

憧憬

　零下二十度を越す、寒さの厳しい朝鮮の山間の街清州《せいしゅう》。三月下旬。商店街の軒下には、未だ溶け切れず、積み上げられた雪の山が、あちらこちらに残っている。春の陽が柔らかく温めるアスファルトの道を、純一は小走りに駆けていた。肩にかけたバッグの中のセルロイドの筆箱で鉛筆がコトコト音を立てた。襟付きの小倉の学童服の膝や肘の部分には継が当てられ、ところどころ擦り切れた部分が白っぽく光っている。垢染みた感じは無く、こざっぱりとした服装だ。履き古した運動靴の親指の部分に穴があき、靴下を履いた親指がのぞいている。学帽の下の顔は丸顔で、頬に赤味がさし健康的だ。大きな目は明るく意志の強さを感じさせる。

　真直ぐ行くと日本人の商店が立並ぶ街の中心部、本町通りになる。純一は手前を左に曲り、舗装の切れた道を五、六十メートル行く。右手に「谷田豆腐店」と看板のある前に立ち止り、ガラス戸を透かして中を覗き、勢いよく戸を開けて「こんにちは」と入って行く。店内では小父さんと小母さんが忙しそうに働いていた。

「ああ、純ちゃんか。いらっしゃい」

エプロン姿に長靴を履き、柄がついたたわしでセメントの床を掃いていた小母さんが、丸顔の目に優しさを込めて何時ものように迎えてくれた。

「はい、お母さんから」

純一はポケットから二つ折の表に結城と書かれた茶封筒を出し、延ばしながら渡した。

「はい、ご苦労さん」

手に取って中味のお金を確認した小母さんは、小父さんに見せた。小父さんはそれをチラッと見ながら水桶の中に手を突っ込んで忙しそうに手を動かしていた。髭が濃く四角顔で、ぐっと大きい目玉で見つめられると、ちょっと恐い感じがして、純一は苦手だった。

「冴子お姉ちゃんいますか?」

「ああ部屋に居るよ、ゆっくりして行きなさい」

小母さんが透き通った綺麗な声を掛けてくれる。

店を通り抜けると広い庭があり南向きの部屋が並んでいる。一番奥の六畳の部屋の縁側に膝を付き、障子の硝子越しに声をかける。

「お姉ちゃん、こんにちは」

「ああ純ちゃん、いらっしゃい。お上がり」

何か縫物をしていた手を止めて、優しく微笑んで迎えてくれた。色白で丸顔、小母さんに似て明るく見守るように言葉を掛けてくれる、そんな冴子が純一は大好きだ。髪を三つ編みにした冴子は、まだ女学生のようだ。女学校を出てから二年余り、今は花嫁修業中とのことだった。父なし子と何時も蔑《さげす》まれ、いじめにあっている純一にとって冴子は、温かく接し優しく心を包んでくれる唯一の存在だ。そして勉強を教えてくれ、純ちゃんは頭が良いのだから頑張りなさいと、励ましてくれる。

「何しているの」

「うん、お裁縫。今、先生に習っている宿題なの」

「へぇー、勉強しているんだ」

「純ちゃんは今日、何を勉強したいの」

「今日はね、国語と算術」バッグから教科書を取り出す。「あのね、三年生の通信簿、席次が上がって十番だったよ」

「それは良かった、頑張ったものね。純ちゃんは引っ込み思案で損なところがあるのよ、お父さんが居ないのだから、勉強してお母さんを喜ばせてあげなくちゃ」

「うん頑張るよ」

勉強が終ると、木皿にお菓子が盛られて出てきた。飴、煎餅、饅頭や、時には貧しい純一には縁遠いカステラ、餡パンなども出してくれる。

本町通りに栄光堂というパン屋があった。その前を通ると良い香りがプーンと鼻先をついて、これがパンの匂いかと横目で見ながら素通りしたものだ。パンや牛乳などは病気で腹をこわした時ぐらいしか食べさせて貰えなかった。

ある時、冴子が餡パンを出してくれた。

「あっ、餡パンだ、すごいなあ。これ貰っていっていい」

「あらどうしたの、食べないの」

「静香にも分けてやりたいんだ」

「ああそうか。静香ちゃん元気？　今年幾つになったの？」

「四つ」

「純ちゃんは妹思いだから。持っていってあげなさい」と紙に包んでくれた。

「じゃあ、ビスケットでも食べる」

「ありがとう」

冴子はそれを紙に包んで、かわりにビスケットを出してくれた。

純一は母と妹そして母方の祖母との四人暮らしだった。やはり冴子の存在は大きく、肉親のような人だ。

小母さんが顔を出した「はい、これお母さんにね」と言って受取りを渡してくれた。

「じゃあ、お姉ちゃん、小母さん、さようなら、また来ます」

純一は元気よく表へ飛び出した。とても気分が明るかった。


純一が四年生になった七月の初旬のことだった。何時ものように元気よくガラス戸を開けて挨拶すると、小父さんと小母さんの様子が何となく憂い顔で元気が無かった。「いらっしゃい」小母さんの声も湿りがちで、何時ものとおり封筒を渡すと中を見ずにエプロンのポケットへ入れてしまった。純一はちょっと言い淀んで、

「お姉ちゃんは？」と訊ねた。

「今、出掛けているの。裏の縁側で待っていてね」

そう言われた純一は、冴子の部屋の濡れ縁に腰を掛けた。部屋の中は薄暗くガランとして、冴子の居ない部屋は寂しげだった。足をブラブラさせて庭の先を見ると、放し飼いの軍鶏が五、六羽忙しそうに地面を突っつき餌を漁っていた。黒光りする毛に包まれて胴が太く、長い足に

頭をもたげた首先には鋭い嘴《くちばし》がある、精悍な容姿の鶏で、純一は恐くて苦手だった。

初めて来た時、縁側に腰を掛けて眺めていると、一羽の大きな雄の軍鶏が近づいて来たので、足でひょいと跳ねると、驚いたのか鋭い嘴で脛を突つかれた。思わず悲鳴を上げた。脛から血が流れ出ていた。その声に驚いて冴子が障子を開けて顔を出した。

「どうしたの？　あっ、血が出ている」びっくりした冴子は純一を部屋に招じ入れ、傷口を消毒して薬を塗ってくれた。そうして、「馬鹿ね！　軍鶏は普段はおとなしい鶏なのに、何もしなければ大丈夫なのよ」と優しく窘《たしな》めてくれた。それが冴子と親しくなる切っ掛けだった。

〈お姉ちゃんは何処へ行ったのかなあ〉と思いながら裏の倉庫を通り抜け、広い庭のある一軒の家に出た。純一が生れ育った家だ。大家さんは豆腐屋で一家五人で住んでいたところだ。周囲は木々に囲まれ、庭には大きな花壇があり砂場もある。友達と集まって電車ごっこをして遊んだ思い出の庭だ。今は誰も住んで居ないようで花壇など雑草が生え放題だった。ぐるりと表から裏へと一回りして、ふと縁側の下を見ると一台のブリキの錆びた汽車が忘れられたようにポツンとあった。純一のものだった。手に取って撫でながら縁側に腰掛けて見回した。四季折々の花で埋まった花壇も荒れ、木々も伸び放題になっていた。

この縁側でみんなとお月見をしたことを思い出した。机の上に団子、芋、枝豆を供え薄の穂を飾り、月を仰ぎながら父が言った。

「ほら、見てごらん。兎さんがお餅を搗《つ》いているよ。そして仏様もいらして私達が幸せになるようにと見守って下さっているのだよ。だから元気に皆と仲良くして良い子になるようにしなくてはね」

そして皆で手を合せお月さまを拝んだ。

「純ちゃん！」

小母さんに呼ばれ、大きな返事で応えた純一は、冴子の部屋の前に戻った。

「はい、受取り、ありがとうさん」

小母さんは何時もの紙をくれた。

「お姉ちゃん、何処へ行ったの？」

小母さんは膝をついて座りながら、

「旅行、遠いところ」

口籠もりながら悲しそうな顔をした。

「何時帰ってくるの？」

「さあ解らないわ」

「早く帰って来て欲しいなあ、僕もお姉ちゃんが居ないと寂しいよ」

「そうね。小母さんも早く帰って来て欲しいと願っているの」

声を落として力の無い呟きだった。軍鶏がクゥクゥと喉を鳴らしながら近づいて来た。じっと見詰めていると餌を探しに離れて行った。冴子の顔が浮かんだ。

瓦解

純一は父・結城進一、母・千代子の長男として昭和五年三月一日、朝鮮忠清北道《ちゅうせいほくどう》の清州という地で生れた。父は中心街の裏通り、谷田豆腐店の借家で洋服仕立業を営んでいた。弟子は助手格の崔さん、見習いの呉さん、李さん、皆朝鮮の人だった。家が広いので一部を仕事場にして、顧客も多く仕事も順調で繁昌しており、将来は日本人街の本町通りに店を構える計画だった。

近所に住んでいた父方の祖母のヒデは、五人の子供を育てながら、大勢の人を使って、道立病院の賄いを営む女丈夫で、祖父は道庁の役人で地位の高い人だった。母方の祖父も手広く建築業を営む成功者であった。母の兄は、内地の学校へ行っていた。

純一は初孫ということで、その喜びようは大きく親族あげて祝福され、端午の節句には七段の雛壇に武者人形が飾られ、庭には五、六メートルある真鯉、緋鯉が泳ぐという盛大な祝いが毎年続いた。

それから数年後、母方の父が事業に失敗、多くの借財を残して急死して家を売却、祖母のマキは純一達の家に身を寄せるようになった。それは結城家の衰亡の前兆でもあった。続いて役人の祖父が死亡、祖母ヒデは父の弟妹五人の子供を抱えての苦難な生活の身となった。その頃から、女学校出で自尊心が強く頑固な母と、生活のためには、積極的に行動する気風のよい性格の祖母とは反りが合ず、嫁と姑の衝突が激しくなっていった。

続いて、昭和十年七月、田舎四段と言われ無類の囲碁好きだった父は、夜な夜な碁敵を求めて歩き回る日々で、ある夜屋台で食べた蕎麦が原因で腸チフスを患い、呆気なく世を去った。純一五歳、静香一歳。徴兵検査で甲種合格と認定され丈夫だった父にしては、悲しく痛ましい幕切れだった。三十一歳だった。

伝染病で隔離された病棟では子供の面会は許されず、結局、父と対面したのは玄関に無言で帰って来た時だった。家は全部消毒隔離されて誰一人訪れる人は居なかった。助手格の崔さんは、父と一緒に本町通りへ店を構えることを夢見ていただけに、目を真っ赤にして父の遺体の前で泣き伏していた。

父の死をさかいに、伝染病を敬遠して、病室を一度も訪れようとしなかった母の態度に、祖母の怒りは激しく、嫁と姑の確執は決定的となった。祖父の死後、祖母は一家を養うため京城《けいじょう》に居を移し、事業も順調で幾分かのゆとりもあるようになっていた。父の死後、将来の子供のためもあり、京城へ移って来るよう手を差し伸べてくれたが、母はそれを拒否した。

男の働き手を失った一家の生活は、貧苦という坂道を留まることなく転げ落ちるほかはなかった。僅かな貯えも三人の弟子の退職手当と借金の返済で無くなってしまった。

家賃の支払いも大きく滞るばかりで、祖母マキと四人で、安い家賃の借家を探し、転々とする日々が続いた。しかし母は、その都度、大きな荷物となっていた琴二台とバイオリン、そして武者人形と鯉幟は手離そうとしなかった。過去の豊かな生活への郷愁だったのかもしれない。

静香が節句の来るたびに、

「お兄ちゃんの人形はこんなに沢山あるのに、私のはどうしてこれだけなの」

と一対の男雛女雛を見ながら母を困らせていた。

やっと落着いたのは、中心部から遠く離れた街の東の外れ、無心川《むしんがわ》という川の堤防の近く石橋町という所であった。朝鮮人の家々が取囲む中に日本人の家が十数軒ばかり寄り添うように建っていた。近くに日本の法華経の寺もあって、寂しくは無かった。そのうち五、六軒は李さんという建築業を営む人の持物で、日本人用の住宅の建て方をして日本人に貸していた。その一軒に漸く落着いた。六畳、四畳半、四畳の温突《おんどる》、台所、風呂の間取りで、小庭には一本の柿の木があった。家の前に二十坪ばかりの畠を借りることが出来た。元来、祖母は優しく自我を主張しない人だったが家計を助けるためもあり、畠仕事には水を得た魚のように明るく生き生きとした仕事ぶりになった。母は郵便局に職を得て働きに出かけ、やっと貧乏ながら一家の生活は安定、幾分落着いたものになって来た。しかし、世間では父の居ない家庭は即、貧乏と見做され、ちょっと蔑まれる存在であったので純一は、目立たないようにし、あげくは自分は人より能力が劣っているという観念を持つようになっていた。そんな時、お使いで滞納の家賃を持って行くようになってお姉ちゃんと知り合ったのだった。

九月の下旬、遊びから帰って来た純一が家に入るなり、

「お母さんカケオチってなに?」

といきなり尋ねると、母は「えっ」と言って内職の仕立物の手を止め怪訝な顔をした。

「カケオチ?」

「うん、遊びに行っていた古賀君のお母さんが近所の小母さんと話をしていたんだ。豆腐屋のお姉ちゃんがカケオチをしたって……。どう言うこと?」

「ああ駆け落ちね」苦笑いしながら、「そうね好き合った男の人と女の人が連れ立って、親に黙って他の所へ行ってしまうことだけど」

「ふーん、男の人は朝鮮の人だと言っていたよ」

驚いた母はちょっと考えて同情するような言葉で、

「あの冴子さんがねえ。男の人と。あの小父さんは頑固で気難しい人だから」

「じゃあ、男の人と一緒に家を出て行ったわけ？」

「小父さんも厳しい人だから、朝鮮の人なので余計に許せなかったのでしょう」

「誰かが京城で見掛けたとも言っていたよ」

純一にはよく解らなかったが、あのお姉ちゃんがと思うとちょっと悲しかった。

思えばあれは六月の終り頃だったろうか。何時ものように「お姉ちゃんこんにちは」と部屋に入って行った時のことだった。以前、冴子に教えて貰って覚えていた香のかおりが部屋中に広がっていた。珍しく薄い紫色の地に白い藤の花をあしらった着物姿で、何時ものお下げの髪は後で束ねリボンで結んでいて、ちょっと大人びた感じがした。活花の最中で、手に花鋏を持ち、畳の上に広げた新聞紙の上に、大きな白い蘭の花が数本散らばっていた。

「わあー、お姉ちゃん綺麗だあ、髪形も変えたの」

「そう」ちょっと気恥ずかしそうにしながら「ありがとう」とそっと横鬢《よこびん》を撫でた。そんな仕草が大人っぽかった。

「直ぐ済むから待ってて」活け終ると床の間に飾った。「綺麗でしょ」

「うん」と暫く眺めていた。

「さあ勉強始めましょ」

「はい」教科書とノートを取り出す。「勉強も大分面白くなって来たよ」

「そう、それは良かった。一番になりなさい」

「そんな、とても無理だよ」

何時ものように終ってお菓子を出してくれた。冴子がそっと純一の手を握り、

「夏は指が綺麗だ。純ちゃんは冬は見ていられないほどの霜焼けになるものね」

と握った手を引寄せゆっくりと抱いてくれる。純一はちょっと戸惑ったがされるままに冴子の胸に顔を当てた。胸元から花の香りがした。

「純ちゃんしっかり勉強してお母さん喜ばせて上げなさい。静香ちゃんとも仲良くして」しんみりとした声だった。

するど純一の頬にポツンと温かいものが落ちて来た。びっくりして顔を上げると冴子の涙が頬に伝わっていた。

「どうしたの、お姉ちゃん？」

「ううん、何でも無いの、ちょっと悲しいことがあったの」

「そう、どこか躰が悪いところでも」

「大丈夫よ」

両手で純一の顔を挟んで、お利巧さん、と言った。それから袂からハンカチを出し涙を拭った。それがお姉ちゃんとの最後の日になった。あの時、お姉ちゃんが「さようなら」と純一に

そっと言ってくれたのだなと思い、お姉ちゃん幸せになって欲しい、そしてこのことは誰にも言わない、自分の大切な思い出にしておこうと思った。

飛翔

昭和十二年七月に始まったに日中戦争は二年目を迎えようとしていた。その影響が生活の中にも出始めていた。生活物資がだんだん不自由になり、米、味噌、醤油、砂糖、木炭など切符制になった。街には戦いに対するポスターやビラが貼られ、〈ぜいたくは敵だ、兵隊さんのことを思え〉と戦時色はだんだん強くなって来た。三食とも米の御飯はぜいたく、一食はうどん、蕎麦にして節約に協力しろと、学校では定められた日に、全員に梅干し一つの日の丸弁当を持参するよう強制された。

朝礼ではこの闘いは正義の戦いであり、国民が一丸となって戦って行かなければならないとの校長先生の訓辞が毎日続いた。先生達も事あるごとに戦争のことを多く話すようになり、子供達の遊びも兵隊ごっこ、チャンバラごっこが主になっていった。

純一は同級の大森君という仲の良い友人が出来た。あまり表に出ない引っ込み思案で何時も日陰を歩いているような純一には珍しいことだった。大森君は組でも相撲は一、二を争う強さで、成績も上位、正義感の強い少年で、父親は会社での地位が高く、裕福な家庭の子息だった。勉強部屋には少年倶楽部などの雑誌類から少年小説や漫画の本が書棚に一杯並べられていて純一は圧倒された。正月に少年倶楽部を買って貰う以外は本など買って貰ったことのない純一にとっては、小さい本屋を連想させてびっくりした。「読みたい本があれば貸してあげるよ」「ありがとう」。遊びに行く度に三、四冊借りて夢中になって読んだ。山中峯太郎の『敵中横断三百里』、江戸川乱歩の『怪人二十面相』その他の科学小説、冒険小説、吉川英治の『鳴門秘帖』『神州天馬侠』。特に吉川英治は好きだった。漫画は『のらくろシリーズ』『冒険ダン吉』など乱読した。それは純一の心に残り、少年の夢を与えてくれ、何時までも心に残った。

四年生の二学期、休みの日が二日続いた。綴り方は重要な科目になっていて、作文の宿題が出た。題は自由、枚数は制限なし、純一は一生懸命作文に取り組み、四百字原稿用紙十枚に及ぶ長い文章を書いた。

休日明けの授業が始まった。「皆宿題を出しなさい」と梶田先生の言葉に、思い思い教壇の前の先生の机の上に並べて置いていった。純一は鞄を開いて「あっ」と一瞬青くなった。「無い！」鞄の何処を探しても見当らない。「忘れた！」恐る恐る手を上げて、

「先生忘れて来ました」

一瞬先生が顔を強張らせて、

「ちゃんと書いたのか?」

「はい」

書いて無いのではと疑ったようで、

「じゃあ、今から家へ帰って持って来なさい」

と叱声が飛んだ。皆びっくりして一斉に純一の顔を見た。

郊外の家まで往復すれば一時間半はかかる。外へ飛び出し、疑いをかけられたことが悔しくて、涙がポロポロ出て泣きながら道を走った。やっと戻って提出した。十枚に及ぶ作文に先生もちょっと驚いた顔をした。大抵二、三枚、多くて四枚程度だった。綴り方の授業は午後であったのでそれまでに先生は全部の作品に目を通したらしい。純一の作文を手に、

「今日は結城君の作品が一番良く出来ている。忘れたのは良くないが、すばらしい作文だ」

と褒めてくれた。「僕のお姉さん」という題だった。皆が「ほう!」と声を出しながら、日頃から引っ込み思案で目立たない存在である純一に目を向けながら、驚いて顔を向け手を叩いてくれた。ちょっと純一も晴れがましい気分になった、初めてのことだった。

入学してみると、幼稚園で学んで来た連中は、みんな活発で、朗らかに飛び廻って、成績もよかった。それだけに幼稚園に行けなかった純一は、気後れし引け目を感じ、父無し子ということも手伝って、一歩下ってみんなの後からそっとついて行く学校生活だった。控え目で、質

問に手を上げるのも遅く、積極的発言など全くしない。物事に対する決断も鈍く、優柔不断で活気に欠け、知力体力も劣っていると卑下していた。

綴り方のことがあってから、先生の純一に対する接し方が様変りし、むしろ厳しくなったのには、純一もびっくりし、戸惑った。質問や答えを求める場合、指名される事が多くなってきた。何時も看視されているような気がして、恐ささえ感じた。純一はうかうか出来なく、無我夢中で一生懸命勉強に身を入れるようになった。同時に学校生活に張りが出て楽しくもなって、成績もぐんぐん上がり、四年終了時には席次が四十七人中五番目になっていた。

五年生になり、暫くして金君と言う朝鮮人の友人が出来た。その頃、日本の教育を学ばせたいという朝鮮の知識階級の子弟がクラスに二、三人在学していた。金君はなかなか日本人と馴染めず皆から一歩離れた存在で、殆ど友達も出来ず、何となく寂しそうなので声を掛けた。それが切っ掛けで、純一の友人の古賀君と三人で遊ぶようになった。

時々金君の家に遊びに行った。街の中心から少し離れた静かな住宅街で、建物に入ると南側の長い廊下に面して、冬の暖房用の部屋、温突が三間程あり、その奥に住居の部屋や台所がある広い屋敷だった。その温突の部屋が三人の遊び場になっていた。家柄は昔の貴族階級、両班《ヤンバン》だったようで、かなりの資産家だった。お母さんは背がすらりとして、色白、細面の知的な上品さをたたえている綺麗な人で、父親は会うことは無かったが、出版関係の事業を手広く営み、社会的地位も高かったようだ。時には母上の珍しい朝鮮の手料理を振舞ってくれ、喜んで食べたり、金君との交わりは気心も知れ楽しかった。お母さんも友達が出来たことを大喜びで何時も歓迎してくれた。

五年生になって、心も体も成長したのか、純一は、あの作文を契機にして、積極的な言動になり、見る見る頭角を現し始めた。運動の面では、五年生から正科になった剣道、柔道、なかでも特に剣道は静から動に移る俊敏の動きが性に合ったのか、特に進歩が早かった。秋の運動会では敵将を破るという殊勲を立て、先生も驚いたが自分もびっくりした。また相撲にも粘りが出るようになり、自分にもこんな力があったのかと自信を深めた。学業成績も学期ごとに上がり、トップを争うまでになって来た。ライバルは、入学時から成績も良く運動にも長けている蒲田君だった。父親は事業家で家庭は裕福、何時もクラスで一人だけ、紺色のサージの制服に金釦という洒落た姿で登校していた。自身に満ちた態度は、貴公子然としていて、みんなに一目置かれている存在だ。

六年生になった。戦時体制を強化し国民の気持を一つにまとめるという意味か、小学校が国民学校と名前を変えた。また、日本は神武天皇が即位し、国がはじまってから紀元二千六百年ということで盛大な奉祝祭が行われた。戦時色も濃くなり男の人はカーキ色の国民服に、女の人はもんぺ姿に変っていった。街のお菓子屋さんのキャラメル、ビスケット、飴などのケースもがらんとして、何時も売り切れと表示していた。純一達は何時も指をくわえて横目で見ながら通り過ぎていた。

新学期、梶田先生が教室に入って来られ「これから級長の選挙をする。自由に自分が級長に相応しいと思う人を書いて、この箱の中に入れなさい」五年生から引き継ぎ担任となった先生が開口一番言われ、投票用紙を一人一人に配られた。ちょっと教室が騒めいた。皆思い思いに書いて教壇の机の上の箱へ入れ、投票が終った。

「矢崎君、先生が読み上げるから、黒板へ〈正〉の字で書きなさい」

前席の矢崎君を指名した。先生が一枚一枚丁寧に読み始める。「結城君」「蒲田君」「結城君」「結城君」正の字が段々増えて行く。皆、固唾を呑んで目を凝らして見守っている。終った。圧倒的に結城の名前が多かった。「三十七票対十票」全員が立ち上がり「ワァー」と燥《はしゃ》いで手を叩く。先生もやはりという顔をして、予期していたのか驚きの表情は無かった。

「静かに！　選挙の結果、結城君が級長に決まりました。結城君おめでとう」

一瞬、何が起こったのか純一は頭がぼおーとして躰が浮いた感じで、先生の言葉に「はい、ありがとうございます」立ち上がって先生や皆に頭を下げた。再び皆の温かい拍手が純一の身を包んだ。

級長、しかも六年生の級長は全校生徒の誰もが憧れ熱望する最高の栄誉だった。親の視線も同じだった。それは学科、運動、操行（日常の生活態度）何れの面でもトップクラスでなければならなかったからだ。席次が一番であれば必ずなれるというものではなかった。親からすれば、席次が上のうちの子がなるのが当然と言う人も出て来て、先生への苦情も多く苦慮していたようだ。その点、選挙は誰にでも平等で公平であって口出しは出来なかった。統制の時代には珍しかったが、日本の殆どの学校で行われていて、級長任命証とバッジが渡されていた。

職員室に呼ばれた。応接用の椅子に座って先生と向かい合った。

「はい、これ、バッジ」

と級長バッジを渡された。夢見る心地で押し戴く。

「おめでとう、良かったね、頑張りなさい」と続け、「先頭に立ってクラスを纏め引っ張っていく責任、役割は大きいよ。そして全校生徒の模範となるように頑張りなさい」と教え示された。

「解りました。頑張ります」と言って職員室を出た。

銀色に輝くバッジは、ちょっと眩しく気恥ずかしく感じ、胸に着けるのを躊躇《ためら》っていたが、先生が級長として皆の模範となり先頭に立って行動するのだから付けないと駄目だと言われて着用するようにした。それから何処へ行っても、頭の勝れた態度の良いお利巧さんと見られ、友達の親御さん達からも好意を持って受け入れられたが「結城君を見習いなさい」と二言目には言われ、こそばゆい気持になり、なんと級長とは不自由なものだなと感じた。母も方々で声を掛けられちょっと鼻が高かったようだ。

純一は級長に決まった夜、明るい月の光に誘われて外へ出た。畦道の傍らの石に腰を下ろし空を見上げ「冴子お姉ちゃんどうしているかなあ、お姉ちゃん級長になったよ」と報告した。今日のお月さまは橙色がかって真ん丸だった。

戦時色は日増しに強くなり日常の学校生活もすべて軍隊式になっていった。言語行動も軍隊式、すべて号令で全員が動く世界となった。このなかにあって級長の任務は大変であった。号令を掛けるのは級長の役割、校門の出入りの場合は「歩調取れ」「歩調止め」。「前へ進め」「全体止れ」「礼」「わかれ（解散）」という具合だ。始めは慣れないせいもあり、純一自身にも先生から「声が小さい」「もっと元気を出して」「もう一度やり直し」など級長としての訓練でもあった。また、服装検査、衛生検査も級長の役割とされていた。上衣のボタンがとれていないか、破れているところはないか、名札は所定の位置か、爪は切ってあるか、垢はついてないか、さらに所持品検査もある。学用品以外のものはないか、などなど。皆に検査する前に自分自身の身の回りから入らなければならない。始めは大変な任務だと思ったが、慣れるとそれが日常の普通のことと感じ、さわやかで気持が良かった。そんな六年生の二学期も終りに近づいた十二月八日、十月に成立した東条内閣のもとで大東亜戦争と名付けられる戦いが始まった。

進学

朝鮮で生れ育った純一達は日本を「内地」と呼び、海の向こうの日本は遥か遠い所で、内情など全く知らず関心も薄かった。いや無かったと言ってもよいぐらい、外国のような存在だった。日本の国策であったのか、大陸雄飛の人間たれとの教育指導で、満州、中国での活躍を夢見ていた。従って、進学は、京城、旅順、上海の大学にと憧れを持っていた。

六年生になって京城へ修学旅行に行った。京城のヒデおばあちゃんと壮太叔父さんが面会に来てくれた。

「元気そうだね。良かった。級長になったんだって」

二人とも大変喜んでくれた。

「来年は中学だね。おばあちゃんのところへ来ないか。おばあちゃんのところから通えばいい。何も心配しなくて良いから是非いらっしゃい」

と誘ってくれた。

「お母さんには手紙を出しておくからね」

「えっ、本当、嬉しい」

天にも昇る気持で修学旅行から帰った。母にこのことを話したが、いいとも駄目とも何も言わなかった。

梶田先生にこのことを話すと大変喜んでくれ、「大変だぞ、頑張れ」と励ましてくれた。京城中学は優秀な人達が集まる最大の難関校だ。早速、放課後、休日は先生の自宅での勉強になった。級長を争った蒲田君もやはり京中と並ぶ名門校龍山中学志望とのことで、共に励まし合いながら一緒に受験勉強に入った。

その間、祖母は母へ手紙を出し京城への進学を勧めたり、母の再婚の話も持って来たり頻繁な遣り取りが交わされた。

普段から純一が京城へ遊びに行くのも顔を顰め、快く思っていない態度の母であったから、この話の返事も大分躊躇っていたようだ。結局、再三の祖母の誘いにも拘わらず子を手放すのが惜しくなったのか拒絶してしまった。

あまりのことに純一は茫然とし気落ちして、何も手につかず、ひどく悲しみやつれた。あまりにも憔悴した顔に妹の静香が「お兄ちゃん大丈夫？　お母さんどうして許してくれないのかなあ」と一緒に心配してくれた。

梶田先生にも泣きながら、どうしても母が許してくれないことを説明した。先生も驚き、

「じゃあ、地元の中学でも良いではないか」

と慰めてくれた。先生にはお話しなかったが、今の家庭の状況で、中学の学資が払えるかど

うか、母の働きでは心もとなく、無理のような気がしていた。仕方がないこのまま学校に残って高等科に進み、二年の義務教育を終り就職する以外に進む道は無いのかと暗澹とした毎日が続いた。

高等科を終えて職に着く者も多く、工員、丁稚小僧、女工見習、女中、子守などの職が多かった。

数日後、人気のない二階の裁縫教室へ梶田先生に呼ばれた。

「結城君、じゃあ師範学校を目指したらどうか。官立で、授業料など免除だし、良いのではないか。その上に行きたければ、高等師範と言う道もあるから、お母さんと相談してみなさい」

「はい、ありがとうございます」

何回も頭を下げた。先生の心遣いに涙が出た。

先生も〈純一をこのまま終らせるのは残念で忍びない〉と思われて考えて下さったようだ。帰って母と相談した。「先生から師範に行ってはと勧められた。でも、入学する時はお金が大分かかると思うよ」黙って母は頷いた。

数日後、「入学金など、何とかするから師範に行きなさい」と承諾してくれた。梶田先生にも伝えると「それは良かった」と喜んで下さり「師範は朝鮮人と一緒だから試験も厳しい、気を抜いては駄目だぞ」と釘をさされた。

朝鮮の師範学校は国策に沿って、国費で運営され、特殊な目標を持っていた。一視同仁（すべての人を平等にみて仁愛を施す）の学舎だった。中等学校の中でも格上の存在で、各地から朝鮮人の優秀な子弟が集まっていた。ただ、日本人にはあまり人気が無く敬遠気味だったので、多くの日本人学生を集めるため入学試験は手心を加えられていたようだ。

明けて四月、純一も無事師範学校に合格、入学することが出来ほっとした。小学校時代のライバル蒲田君は希望通り龍山中学に合格した。純一は蒲田君が居たからこそ今の自分があると思った。「おめでとう」お互いに祝福しあって「頑張ろう」と手を握り合って別れた。

残念で悲しかったのは金君との別れだった。金君も皆と同じ清州中学に進んだ。

「結城君と一緒だったら心強いのに、母もそう言っていたよ」

「そう、仕方ないなあ、お互いに頑張ろう。『オモニ（お母さん）』によろしくね」

寂しい金君との別れだった。

入学金などは母が借金をしてくれた。入学者は百五十人、クラスは三組に分けられ、純一は二組に組み入れられた。みると日本人は自分一人だ、びっくりした。日本人は殆ど三組だ。小学校からの同級も居たが三組だ。後で先生に聞いたのだが、試験の成績によって分けられたとのこと。やはり日本人は成績が悪かったらしい。それにしても朝鮮人の中に一人とは、話し相手も無く寂しく不安もあって、学校に行くのが嫌な気分になった。

授業は座学は少なく、軍事教練と名付けた体育科目が中心だった。教官は現役の溝口陸軍中尉、予備役の荻原少尉（国漢担当も兼ねる）、朝鮮出身の松田下士官の三人が担当し、躰を鍛えるための教練は、毎日、激しく、厳しく、少年達にとっては過酷な訓練だった。毎朝二千メートルを走破して一日の授業が始まる。学校ではなく軍隊のようなものだ。英語、音楽、図画など情操的な科目は減らされたり、体育へ振替えられたりした。なかでも毎年秋に行われる、七十キロの夜間行軍は正に死の行軍と呼んでいた。「何でこんなことをするのか」と呟いた友人が、運悪く教官に聞かれ「貴様、反戦主義者か」と二、三メートルも吹っ飛ぶほど殴られ、その挙句二週間の謹慎処分を受けた。後で聞いたが鼓膜が破れていたそうだ。殴打は日常茶飯事だった。夏休みは勤労奉仕と言って農家への手伝い、それも監視つきである。一年中「月月火水木金金」に準ずる日々となって、休日は殆どなくなった。

一日の授業が終って、家へ帰るなり、背嚢《はいのう》を放り出して、玄関に倒れ込んで祖母や母を心配させる毎日だった。

入学時、配布された多くの教科書の中に英語のテキストを見付け、自分も中学生になったかと幾分誇りに思い、早く習いたいと胸をときめかせ、本をそっと撫でた純一だった。他の中学に行った友達と会い、話をすると、かなり勉強が進んでいるのに驚くとともに羨ましく思った。知識欲に燃える年頃の純一にとっては耐えがたいものだった。同じ清州の地の他の学校とくらべても、その厳しい訓練ぶりはかなり評判になっていた。何故だろうと考えた。ひとつは月謝が不要、すべて国から費用が出ているからではないかとも思った。よく先生方にも聞かされ、国の恩になっているのだぞ、国のために役立つ人間になれと叱咤激励された。

級友と楽しく集い語り合うことなど全く無い学生生活、若者としての夢や希望の欠片も見出せない消化不良の生活が続いていた。

蒼　空

乾いた白い土の上に、真夏の熱い太陽が照りつける。気怠《けだる》く眠ったような昼下りの一時、思い出したように、蟬の「ジー」と強く尾を引くような鳴声が小枝を震わせ、その静寂を破り響きわたる。繁った夏木立に囲まれた広い境内の真中に、二抱え以上もある楠の大木が四方に大きな枝を伸ばし、十数メートルの高さに梢が広がり聳え立っている。熱い陽射しを遮る樹陰に心地良い風がひんやりとした涼気を漂わせている。

遊び疲れて涼を求め、楠に登っている三人の少年達は思い思いの格好で、それぞれの枝に腰を掛け、素足の脚をブラブラさせながら、遠くの景色を眺めるともなく眺めている。「あっ、バスが走っている！」と一番高い枝にいた秀ちゃんが声を上げた。遥か彼方の山裾に広がった畑の間の道を、白い土埃を立てながら、亀が這うようにバスがゆっくり走っている。やがてバスは白い土煙りを残して山間の道に消えて行った。

昭和十八年の夏、街外れの法鮮寺の境内である。三人の少年達は、この寺の一人息子で中学四年の勝雄、中学三年の秀雄、そして中学二年の純一、何れも歳は違うが、近所に住み、お互いに「ちゃん」づけで呼び合う仲良しの友達だった。いつもお寺の境内を遊び場にしていた。広い境内は、石蹴り、メンコ、ベーゴマ、ボール遊び、相撲、木登りなど、厭きることのない遊びの楽園だ。

勝兄ちゃんの家庭は、柔和で穏やかな和尚さん、上品でいつも笑顔を絶やさないお母さん、そして、女学校二年の里枝ちゃんの四人だ。里ちゃんの姿はあまり見ることはなかったが、時々、本堂から庫裡への廊下で、三人の遊ぶ様子を見て微笑んでいたり、外の井戸へ水を汲みに出ていて遊んで泥だらけになった純一達のために、洗い水を汲んでくれたりもした。男女学生の交際が厳しく禁じられ、一緒に歩いても退学処分という時代であり、そんな里ちゃんに、一言二言、言葉を交わす程度で話をすることなど、秀ちゃんも純一も何となく憚るものがあった。「ありがとう」の言葉に、にっこりと微笑む丸顔で色白な里枝ちゃんを可愛く綺麗な人だなあと思った。セーラー服のスカートは沢山の襞があって、歩くたびに波打つ姿は清楚で美しく新鮮だ。純一の心に女性に対する憧れのようなものが芽生え始めていたのかも知れない。

大東亜戦争も三年目を迎え、街には戦時色が日増しに強く「撃ちてし止まぬ」「鬼畜米英」の標語が溢れ、毎日のように聞かされた。「世界人類の平和と文化福祉とに貢献する聖戦、正義の闘いである。国家存亡のこの重大事、今こそ奮起し、若き海鷲となって、敵米、英を殲滅し勝ち抜かなくてはならない」と、一段と熱のこもった校長先生や先生達の訓辞は、事ある度に聞かされ、空の戦士の華々しい活躍の披露は、青少年の心を煽り立て、憂国の熱情を燃え立たせるのに充分だった。

いつものように木に登って話し込んでいた時、勝兄ちゃんが「僕、予科練を志願することにしたんだ」と強く決心したように、重い口調で二人に話をした。

「えっ、そう。立派だなあ、飛行機に乗れるなんて素敵だ。僕も行きたいなあ」

と秀ちゃんが感心しながらも羨ましそうに言った。純一は、頭が良くて、思いやりもあり、勉強も時には見て貰っている勝兄ちゃんが好きだった。これからは一緒に遊べなくなるなあと、ちょっと寂しかった。

境内のコスモスの花が初秋の風に揺れる日、海軍甲種飛行予科練習生に合格した勝兄ちゃんは、中学の制服の上に寄せ書きをした大きな日の丸の旗を両肩から十文字に掛け、手に手に日の丸の小旗を打ち振る、エプロン姿の婦人会の人達に囲まれて寺の門を出て行った。純一は勝兄ちゃんが手の届かない遠い人になったようで悲しかった。勝兄ちゃんは二人の姿を見て、ちょっと笑顔になって手を振ってくれた。

昭和十九年五月、突然、思い掛け無く勝兄ちゃんの死が知らされた。信じられなかった。病気による戦病死ということだ。学生寮に居た純一は外出の許可を貰い迎えに行った。

数日後、青空の美しく広がった日、英霊として、白布に包まれた勝兄ちゃんの遺骨が、セーラー服姿の里ちゃんの胸に抱かれて、近所の人々が迎える中を無言の帰宅をした。深く頭を垂れ、顔を下に向け、涙を堪えている里ちゃんの姿は痛々しく可哀想だった。

純一は、あの勝兄ちゃんが、あの中にと思うと、溢れる涙をどうしようもなかった。戦場での名誉の死と同じように神として靖国神社に祀られるということだった。実は訓練中、プロペラに巻き込まれての事故死だと、密かに囁かれているのを聞いた。

四十九日も終った日、純一は庫裡を訪れ、仏前に手を合せた。仏壇の前の経机の上に勝兄ちゃんの位牌と、七つ釦の紺の軍服姿の遺影が飾られてあった。そして里ちゃんの案内で勝兄ちゃんの部屋に行った。本棚には沢山の本が並び、本好きの勉強家だったのだなあと思った。主の居ない机の上の小さな花瓶に飾られた百日草の花が、勝兄ちゃんとの永遠の別れを感じさせ、純一の心を暗くした。

お母さんに「里枝を慰めてやって下さい」と引き止められ、本堂に向かう渡り廊下の応接用の椅子に案内された。部屋の外はもう陽が落ちて、境内の黒い樹々の上の空に満ち始めた月が昇っていた。里ちゃんと向かい合って椅子に腰掛けた。「お月さんが綺麗ね」と言って月を見上げる里ちゃんの横顔は、月の光を受けて一層愁いを含み、悲しみに深く沈んで見えた。同時にハッとするほど清らかで美しく、純一は異性としての感情を初めて覚えた。

身近に二人だけで向かい合って話などしたこともなかった。異性に対する気恥ずかしさと戸惑い、不思議な胸のときめき、感情が交ざり合って、どう里ちゃんを慰めて良いのか言葉が見付からなかった。里ちゃんも何となくぎこちなく、二言、三言で話の接ぎ穂がなく、暫く黙って二人は月を眺めていた。やっと勝兄ちゃんの思い出から話が始まり、次第に里ちゃんも心が解れ、顔にも笑みが漏れ、明るさが出て来た。話がだんだん弾んで時間を忘れた。

ほのかな羞じらいと柔らかい温かさ、甘酸っぱい感情が心の底から湧き出て、全身を包み躰が中空に舞い上がって、浮遊している感じだった。女の人との対話がこんなに胸がはずみ楽しく明るい気分になるものなのかとつくづく思った。

月が中天に高く、楠の上にかかる頃、名残惜しかったがお暇《いとま》をした。

「また、来て下さい。里枝を慰めてやって下さい。純一さんと話をしたせいか、久しぶりに里枝の明るい顔が見られた思いですよ。ありがとう」

とお母さまに言われた。

「ありがとうございます。また、寄らせて貰います」

何か純一は嬉しく心が明るくなった。

「じゃあ、お休みなさい。また、来て下さいね」

と里ちゃんの優しく明るい声を背にして、裏の枝折戸から外へ出た。檜葉の生垣に沿って、月の光に白く浮き出た細い道をゆっくりと歩いた。里ちゃんに悲しみを乗り越えて元気になって欲しい。また、会いたいなあ、と思慕の情を抱きながら……。

師弟

二年生の秋、図画担当の石幡洋介先生と一緒に郊外の西洋館の建物の写生に行った。東の外れの小高い岡に七、八軒の西洋館が散在していた。それぞれ特徴があって写生には厭きない面白みがある。戦争中ということで住んで居た宣教師や教師達は、皆それぞれ国へ引揚げて無人の住居だ。戸締りされひっそりとしている。

赤煉瓦造りの頑丈な二階建ての洋館は異国情緒があって、何か別の世界のようだ。閑散とした広い芝生の庭に立つと、自然と心が安らぎ落着く。建物を写生しやすい庭の隅に腰を下ろし、持参した水筒の茶を飲みながら、写生道具を広げる。

「先生！　来年は広島の高等師範へ行かれるのですか？」

「そうだね。試験に通ればな」

「いやあ、先生は勉強家だから大丈夫ですよ」

日頃から先生の勉強ぶりは有名で、訓練の行軍中であっても、片時も本を手放さず勉強されているその真摯な態度は、学校の一つの名物となっており、生徒は敬愛の念を抱いていた。純一もあのような先生と一緒に、自分を忘れるぐらい勉強してみたいと心の内に願うものがあった。

　先生との個人的な出合いは、田園風景を描く授業で、純一の絵が学年百五十人中、一人だけ最優秀賞を貰った時だった。「結城君の絵は写実も巧みだが、奥行と躍動感を感じるすばらしい絵だ」と褒めて下さり、それが縁で指導を受けるようになった。

「先生が広島へ行かれると寂しくなります」

「結城君も卒業して教員義務年限が終れば、高等師範へ行ったらいいと思うよ」

「そうですね行きたいです。大学へ行くのが夢ですから。ところで先生、この頃、朝鮮の人達と一緒に学ぶことに疑問を持つようになりました。内鮮一体と言いますが、朝鮮の人にとっては自分達の伝統的なすべての文化、生活慣習や制度を捨てて日本人になれということだと思うのです。果してそのようなことが実現出来るのでしょうか」

「そうだね。歴史を見ても、伝統ある民族が自らの文化を否定、制限され、新しい統治民族の中にすっかり入って行くなど考えられないからな」

「やはり、彼等は民族の自立、独立を熱望していると思います。ある先輩から聞いたのですが、朝鮮でも過去、多くの独立運動が起きているようですが？」

「そう。過去に起きた大きな独立運動は一九一九年三月、京城のパコタ公園で、学生を中心とする大暴動が起きたんだ。数十万の人が参加したと言われている。その時の日本軍の鎮圧も苛烈を極め犠牲者は十数万とも言われている。また、一九二九年には、光州《こうしゅう》で日本人と朝鮮人との学生の喧嘩から端を発し、朝鮮人学生が決起した事件もあった。この時、死者は無かったが多くの学生が検挙投獄されて、無期停学や、退学処分になっている」

「そうですか、私達はそういう歴史的事実は全く知りませんでした。今も独立運動は地下で行われているのでしょうか？」

「そうだね。満州などでは多くの朝鮮の人達がゲリラ活動をしているらしい。根が深い問題だし、これからも戦争とともに活発になるのではないのかな」

「これからどうなるのでしょうか」

この地が故郷と思っている純一にはなかなか複雑で理解出来なかった。

「ところで結城君、小林多喜二という作家を知っているか」

「はい、名前だけは」

「プロレタリア文学の作者で、共産主義者だ。『蟹工船』『不在地主』などを発表したプロレタリア文学の代表的作家なんだ。若い人には人気があるようで、よく読まれているらしい」

「そう言えば先輩の家に有りました」

「結局、彼は官憲に捕えられ、警察で拷問にかけられて死んだと言われている。結城君！」

「はい」

「最近特に、警察や憲兵によって学生が、思想犯として捕えられる者も多いらしい。本を持っているだけでも大変のようだ。君もあまりそういう問題に関わらない方が良い。直ぐ密告され、身を誤ることになるから。正しいと思うことが通らない時代だから……」

「はい。よく解りました。いろいろありがとうございました。今の話は先生と私、二人の秘密にします」

純一にとって、心を許し打ち解けて話し合える唯一の尊敬する師だ。そして先生との話し合いは、日頃から抑圧されている心の内面を自由に表現できる人間らしい感情のする一時でもあった。

翌年の春、石幡先生はめでたく高等師範学校に合格され広島へ去って行かれた。四月、純一の寮生活が始まった。集団生活を体験させるという方針での入寮だった。共同生活、朝鮮人の同僚、先輩達と起居を共にすることになった。仲間の居ない純一にとっては、一日中、打ち解けて話す相手もない一人ぼっちの孤独の日々となった。日本人ということで、苛めや制裁を加えられることはなかったが、そういう場合は純一だけ特別扱いで離されて、同級生が先輩にやられているのを傍観するという立場だった。それはまた、純一の心を深く別の意味で傷つけた。明るさも希望もない寮生活だった。

寮生活の中で「ふっ」と気が付いたことがある。朝御飯の味噌汁、納豆などのおかずを残す生徒が多い。食糧の無い時代に腹が空くだろうに何故食べないのだろうかと不思議に思った。思い当った。彼等は何よりも食生活を大切にする習慣を持っている。白菜と土地の特産物に、唐辛子を中心とした漬物、キムチをベースに、風土に合せた伝統的料理の食生活である。味噌汁、納豆など淡白な寮の日本食は、口に合わなく、特に地方出身の学生は、食べたことも見たこともなく、馴染まなかったようだ。共同生活の中で発見したのは彼等は異なった民族であり、我々とは征服民族と被征服民の関係であるということだ。自分の国のような思いで何も考えずに暮らしてきた純一にとっては、初めて自分の置かれた立場を考え認識する端緒となった。内鮮一体など画餅に過ぎないの思いが強くなって来た。「将来の夢も望みもない抑圧された生活」に疑心暗鬼に陥ってしまった。

寮生活も殺伐たる日々だった。同級生と話をしている時など、上級生の目に留まると、さっと純一から離れるようになって来た。全く話し相手のない日々である。

昨年、昭和十八年は、山本五十六連合艦隊司令長官の戦死、ガダルカナル島の日本軍の撤退、アッツ島守備隊の玉砕など、戦局においてますます日本は劣勢になりつつあった。「国難に立ち向かわねば日本男子にあらず」と若人を引き付ける殺し文句で、教師や軍関係者の軍人志願への煽り立てが激しくなって来た。寮生活に嫌気がさしていた純一は退寮する理由を見付けた。勿論勝手な理由では許されない。純一は以前から、山内明主演の「海軍」という映画を見て、キリッとして凛々しい海軍士官の姿に、憧れを強く抱いていた。軍人としての職業にも魅力があった。

「未曾有の国難に当り一身を国に捧げ『忠君愛国。滅私奉公（主君に忠義を尽くし国を愛し、私欲、私情を捨て国家社会のために力を尽くす）』の道を歩みたい。来年は帝国軍人としての道を選び、海軍兵学校を受験したい。そのため、環境を替え心身共に鍛え、勉学に励み努力したいので、退寮を許可願いたい。結城純一」

舎監に提出した届書は早速、配属将校の溝口中尉に廻された。教官室に呼ばれた。「おう、結城君、まあ座れ」と側の椅子を勧めてくれる。何時もは「貴さま」呼ばわりだが、君付けだ。「おう、よく決心した。君のような優秀な者が軍人になってくれれば俺も嬉しい。了解した。頑張って合格してくれ」

以前から溝口教官には目を掛けられていて、友人三、四人と自宅に招かれ、ご馳走などになっていたので、ある程度の親しみはあったが、こんなに柔和に話すことも出来る人なのかと驚いた。最後に「そうか陸軍でなく海軍さんか、残念だな、もう一度陸軍士官学校の方も考えてみてくれよ。解った校長先生に話をしておく」

「お願いします」

明るい気分で教官室を出た。翌日、校長室に呼び出された。

「よく決心した。お国のために頑張って欲しい」

八の字の髭をほころばせながら激励してくれた。

退寮して家に帰り、

「軍の学校を受験することを先生と約束して来たよ」

「えっ」

母は驚いて、ちょっと表情を曇らせた。

「行かないといけないの？」

「時代が時代だから。そう言う申し出をしたので退寮させてくれたんだ」

何処の家庭でも男手は戦場や軍関係に徴用されて、男子の居ない家庭も多かった。駄目とは言いにくい雰囲気の世情で、自分のところだけ引き止めることは、周囲の事情から躊躇するところもあり、母としても複雑だろうと純一は推察した。

借金までして入学させ、息子の将来を期待し楽しみにしていただろうにと、母の心が解るだけに申し訳ない思いだった。時局は、そんな母子の感情など全く関係なく、戦場へと若者を駆り立てる嵐が吹き荒れていた。

戦友

昭和二十年二月、祖母マキが風邪がもとで肺炎を併発し亡くなった。黙々として貧苦に耐え、畠仕事をしながら純一達を育ててくれた恩は計り知れず、悲しみも大きかった。

四月には海軍甲種飛行予科練習生として入校することになった。始めは海軍兵学校を予定していたが合格通知が来たので、一日でも早くと決めた。

駅前広場に全校生徒が見送りに来た。校長先生の国難に赴く勇気を称える勇ましい祝辞に、寄せ書きの日の丸の旗を十文字に襷掛けした純一は、「未曾有の国難に際し、忠君愛国。不肖結城純一、一身を持って忠節を尽くすべく努力する所存であります。本日はお見送りありがとうございました」謝辞と決意を込めた言葉で答えた。全校生徒の「結城純一君万歳！」の声を背にして汽車に乗った。母と妹が本線の乗り換え駅、鳥致院《ちょうちいん》まで一緒に来てくれた。「元気でね。頑張って！」元気で帰って来てとは言わなかったが、母の目に涙が光った。ホームに立って一生懸命に手を振る母と妹の姿が遠ざかるにつれ一抹の悲しみと寂しさを感じ、感傷的になりかけたが、門出に女々しいと自ら鼓舞して涙を拭った。

初めて玄界灘を渡り祖国日本の地を踏んだ。山々の稜線が美しく綺麗なのが印象的だった。山口県の三田尻《みたじり》にある通信学校に入った。仮校舎だが純一達予科練習生の学舎だ。

全員、講堂のような広い教室に集合し最初の訓示があった。小柄だが怒り肩の目の鋭い下士官が、握りのついた一本の太い棒のようなものを掲げながら、娑婆っ気を吹き飛ばし、立派な海軍軍人になるための魂を打ち込む「海軍精神注入棒」であると睨め回した。何かよく解らなかったが軍人の第一歩だと身が引き締まった。

同期は千二百名で、一班が二十五名で編成され、純一は五班だった。班長と呼ばれる教官は、信貴という下士官であった。柔和な感じで、ちょっと理知的な風貌で好感が持てほっとした。

翌日から海軍軍人としての第一歩が始まった。学校であるから基礎学科として国語、数学、歴史、地理と中学からの引続きの勉強から始まった。他に軍事に関するものとして航海、運用、兵術、航空、砲術など盛り沢山の科目があった。通信は実技を含めた学科であった。一日の勉強時間も長い。朝は朝食後から課業の始めまでの約一時間、夜は夕食後から三時間という「温習」と名付けた自習時間がある。その間は勉強以外は絶対に許されなかった。

皆中学でも、こんなに勉強したことは無いよ、と言い合った。成績が悪ければ罰直《ばっちょく》（仕置）があるというので、皆必至である。

一カ月目に試験があった。純一はまあまあ出来たかなと思う程度だった。すると信貴教官に声を掛けられた。

「結城、試験良く出来ていたぞ、次も頑張れ」

「はい」

教官の目に留まったらしい。すると各班で成績が悪い者に対する罰直が始まった。

「両足を開け！　歯を食い縛れ！」

あの注入棒が教官の手からビュンと尻に向って下ろされた。バシィ「わあ！」と悲鳴が上がり、よろめき、倒れそうになるのを辛くも堪え立ち直ると、バシィと次が飛ぶ。三回ほどで止んだ。

「解ったか、しっかり勉強しろ！」

言い残し教官が去った。他の者への今後の戒めとする狙いもあるのだろうが、見ている方も辛かった。

六月に二回目の試験があった。信貴教官から呼ばれた。「結城練習生入ります」と声を掛け中へ入る。机の前にずらりと座った教官達の姿をみて、一瞬緊張が走り、身が引き締まる。

「おう」奥の方から信貴教官が手を上げてくれる。

「まあ座れ、そう緊張するな。楽にしろ」と笑いながら、机の引出しから、小型の羊羹を二本出してくれ、「トップクラスの成績だったぞ、褒美だ」とくれた。

「ありがとうございます」

「ところで、お前、師範学校出だな」

「はい」

「そうか。頑張れば将来は指導員にもなれ、昇進も早いぞ」

と励まされた。部下の成績は教官の成績にも繋がるらしく、優秀な部下が多いほど、教官の指導が優れていることになるようだ。実技を伴う通信の試験が校庭であった。有視界の通信として海軍軍人にとっては必須のものである。試験官が赤と白の小旗を持って、遠くからも見えるように、ピッピピッピッ。ピッピッと上下、左右、あるいは斜めと、自由自在に流れるように「イロハ」四十八文字を手旗で信号を送る。それを読み取り、紙に書いて提出する実技試験だった。純一は満点の評価を得た。同期の中でも満点は数えるほどしか居なかったらしい。信貴教官は「良くやった！　良くやった！」と手放しで自分のことのように喜んで褒めてくれた。それからは教官の見る目が違ってきて、雑用や使役の当番は意図的に外してくれるようになった。

日常生活の中で欠くことの出来ないのが食う事だ。若く育ち盛り、猛訓練の練習生達にとって唯一の楽しみは食べることに尽きる。酒保と呼ばれる売店も戦局の激しさとともに、どら焼、汁粉、羊羹等の甘味類は殆どなくなってしまった。

一組三名、交替で食事当番を務める、当番になると烹炊場《ほうすいじょう》に、御飯や汁、惣菜などの入った食罐を取りに行く。烹炊場には年配の主計兵（食事を作る兵隊）ばかりで、白い前掛けに身を包み、不敵な面構えで横柄だ。日頃からの下積みの憂さを晴らすためか、少しでも機嫌を損ねると怒鳴ったり、食罐に人数分より少なめの量にしたりして意地悪をされるので若い練習生達は烹炊場は苦手だった。

純一も仲間二人と当番のある日、烹炊場に出掛けた。一人の中年の主計兵が話しかけて来た。

「貴様達は、待遇も良く、昇進も早く、恵まれていていいなあ。それもそうだ。訓練が終ったら、すぐ特攻隊として戦場に送り出され敵陣へ突っ込む、死ぬための訓練を受けているんだもんなあ。当り前か」

と憐みとも慰めとも言えない言葉を掛けられた。

純一は食罐を手に下げて学舎へ帰りながら主計兵の言った「死」という言葉が、改めて思い返され心に重く伸し掛かった。そうか、俺達は死ぬための訓練を受けているのか。

終れば直ちに戦場へ赴く身なのだ。そこには死が待っているのだ。一人の人間としての死、深く考えてもみなかった。そう言えば、夢も希望もない学生生活よりは、軍人になることが自分の前途が大きく開けるように思え、何も考えずに飛び込んだような気がする。

　軍人になれば「死」は覚悟しなければいけない、それが軍人だと漠然と観念的には捉えていたが、遥か遠いものとして身近に感じてはいなかった。主計兵の一言は、純一の心に深く刺さったトゲのように、時に疼いた。国のために自分の命を捧げることを、最高の生き方、自分の生きがいであると、一途に思い込み、日常を送っている純一だった。死を観念的、思想的に意味づける知力が育っていない純一は、初めて主体的自我の判断としての「一人の人間の死とはどういうことだろう。何だろう？」との疑問が湧いてきた。それからは疑念が時々頭をもたげるようになったが、追い捲《まく》られ、佇み考えることを許されない毎日の生活に、埋没してしまうのだった。

　久しぶりの休日、

「馬場、俺と洗濯物の監視当番に行こう」

　と誘った。

「おお、了解」

二人で干した洗濯物の下に座り込む。純一はポケットから羊羹を出して、

「食べろ」

「えっ、あっ羊羹！　すげえ」

馬場は押し頂くようにしてじっと眺めた。

「どうしたんだ」

「教官に褒美で貰ったんだ」

「そうか。結城は教官に目を掛けられているからなあ。頭も良いし、羨ましいよ」

「まあ、何でもいいから食べろ」

「ありがとう」

馬場の目に涙が光った。

各人に支給された衣類やその他、身に着けるものなど絶対に員数を欠かしてはならなかった。もしも点検時に欠けていたら、それこそ大変、仕置、制裁が加えられ員数が揃うまで続く。何処かで調達して揃えておかなくてはならない。皆同じように配布されるのであり得ないことなのだが、それが不思議に無くなるのだ。そのため自分の員数を揃えるため、他の班の物を失敬する。次から次へと連鎖反応で、最後に点検時に不幸にも揃っていない者が罰直の洗礼を受けることになる。特に干した洗濯物は要注意だ。当番を決めて交替で、自分の班の物が盗まれないように監視するわけだ。

日頃から、おっとりとして動作も緩慢で、何時も教官の槍玉に上げられている馬場だった。

純一は育ちの良さか、素直で誠実そうな彼に好感を持ち、何かと庇ってやっていた。こんな時こそ、友人として本音で話し合える唯一の時間だ。二人は干し物の陰で羊羹を食べながら、雑談に耽った。

彼は石川県の出身で、父母、姉二人の五人家族、家は代々輪島塗の塗師で、何不自由の無い平和な家庭に育ったようだ。

「そうか、馬場も本来なら、家督を継いで卒業後は修業する身だったのか」

「そうだ、父も一人息子の俺に期待していたようだ。俺も塗師の仕事が好きだったし、父のことを思うと申し訳ない気がする」

やはり「国難に際し何ぞ学問ぞ」と、先生達に煽られて、若い身を国のために殉ずる決心をし軍人を志願したとのことだった。人それぞれ置かれた環境や立場は違っていても「滅私奉公」共に国のために命を惜しまない覚悟で馳せ参じた戦友だ。これからも頑張ろうと手を握りあった。

挫折

七月中旬頃から、毎夜、空襲警報のサイレンに起され、裏山へ避難する日が続いた。若い練習生達は、訓練と寝不足で極度の疲労に落入っていた。熱暑の校庭での訓練中に倒れる者が続出し医務室に運ばれて行った。

熱い射るような太陽の照り付けるある日、体技の訓練中、空襲警報のサイレンも鳴らず、警戒警報が告げられると同時に、突然、空の一隅から爆音とともに、胴の丸っこい小型な戦闘機が一機飛来、見上げる間もなく、あっという間に低空飛行に移ると「ダッダッダッダッ」と校庭を目掛けて機銃が火を吹いた。「危ない！　伏せろ！」逃げる間もない、身を伏せる横を乾いた土煙りがパッ、パッ、パッと噴き上げ一線を引いて校庭を斜めに駆け抜けて行く。恐怖が心身を突き抜ける。機はさっと反転、消えて行った。一瞬の出来事で、何が起きたのか考える隙も無く、茫然と皆へたり込んで、機影の去った空の一郭に虚ろな目を向けていた。「何故、敵機が？」恐れもなく日中に飛来するのか信じられなかった。威嚇の意味か、幸い負傷者は居なかった。後で聞いたがグラマンという艦載機とのことだった。航空母艦が日本の近海に進出しているということになる。戦局は重大と聞いていたが、まさか、そんなことがと信じられなかった。

その夜も空襲警報に叩き起こされ、眠い目を擦りながら、避難命令で裏山に駆け込み、樹陰に蹲《うずくま》る。上空をゴォゴォと編隊を組んだ敵機の爆音が覆う。息を殺して見上げるなか、広島の方へ遠ざかって行く。暗闇の張りつめた空気が一瞬、溜息と共に緩んだ。

隣で身を伏せていた馬場が身を起こし、

「ああ、星が綺麗だ。お袋や皆どうしているかなあ」

と呟いた。毎夜の行事のような山への退避に、練習生全員が精神的に参っていた。

しかし、皮肉にも厳しい訓練から離れて、静寂の闇の中にふと自分を取り戻す安らぎの一時でもあった。里心がつき家族を思い出したのだろう。

「馬場!、女々しいぞ」

と純一は同じ思いの感情の自分を励ますように心ならずも叫んだ。

「すまん」

馬場の目に涙があった。純一は馬場の肩にそっと手を置いた。

滅私奉公、国のために死することを本分とする教育を受け、軍人になるための猛訓練に追われている身が、ふっと我に返り郷愁に駆られるのは当然でもあった。

右手前方の遠い彼方の闇の空が、ボォーと朱色の明りが広がっている。

「あっ、あれは呉だなあ。呉は軍港で陸には海軍工廠がある。爆撃でやられているのかな」

教官が力なく沈んだ声で呟いた。

八月に入って間もなく、広島に新型爆弾が落され、建物は全滅、死傷者は十万人以上、被害は甚大だと聞かされた、「石幡先生は？」と師範時代敬慕した恩師の姿が頭を横切った。

戦局は益々厳しい状況であると何時も聞かされるが、外部と遮断された練習生達には、どの程度なのか解らず、切迫感など微塵もなかった。ひたすら勝つことを信じて、立派な帝国軍人になるための訓練に励む純一達であった。将来は若鷲として、ゼロ戦で大空を駆ける自分の勇ましい姿を思い描いていた。

盛夏、八月十五日、突然、玉音放送があるので拝聴するようにとの命令が出た。何事だろうと思っていると、「気を付け」直立不動の姿勢をとった。お言葉は、受信機の性能が悪いのか、ガーガー、キーキー雑音がはげしく全く聞きとれなかった。終っても純一には何が起きたのか理解できなかった。すると突然学内に異様な空気が流れ騒然となった。

「どうしたんだ！　何があったんだ！」

お互いに声を掛け合う。すると、

「日本が敗けたのだ！」

「そんな馬鹿なことが……」

「信じられん」

「神国日本が……」

「日本が降伏したのだ」

信じられない情報が次から次へと入って来た。一人の教官が抜刀して柱に切り付けて廻っている姿に、事態が少しずつ解って来た。皆座り込んで、

「何のために今までやって来たのか」

「これから俺達はどうすれば良いのか」

言葉を投げ合いながら茫然となった。

数日後、全員に帰郷命令が出た。退職金としての金子、米、乾パン、缶詰の他、若干の衣類、毛布などが支給された。純一は、朝鮮は独立して帰ることは出来ないとのことでどうして良いか迷ってしまった。仲間は次から次へと伝《つて》を辿って出て行って、ガランとした学舎に取り残されて途方に暮れていると、信貴教官が心配して、帰る所が無ければ俺の家へ来ないか、農家だが家も広いし一人ぐらい大丈夫だ。学校もあるし復学して母上の帰りを待ったらどうかと声を掛けてくれた。しかし純一は母や妹が心配で一刻でも早く朝鮮へ行きたいと思い、丁寧にお断りした。

「じゃあ、気を付けて帰れ、元気でな」

と言って信貴教官も校門を出られた。

取敢えず博多までと手探りの帰郷になった。博多に着き安宿を見付け泊った。そこで軍帽を被り、胸に赤十字マークの傷痍軍人と称する男性に会った。事情を聞いて、俺の知り合いの家

があるから紹介すると親切に言われ、翌日一緒に出掛けた。乗り換え駅でこちらの線だと言われ乗り換えたが、雑踏の中、彼の姿が見当らない。重たいだろうからと言って純一の荷物の一部を預けていたが一緒に消えてしまった。「やられた」と始めて気が付き、途中の小さな駅に下りた。無人駅だった。暮れ始めている。自分の愚かさを思いながら駅のベンチに腰を掛けていた。そこへ畑仕事帰りの中年の男性が、一度行きかけたが踵を返して純一に声を掛けてくれた。

「お兄さんどうしたんだ、大きな荷物を持って、ああ復員か?」

「ああ、はい」

「今日、泊る所が無くてどうしようか困っているのです」

「そりゃ気の毒だ、じゃあ取敢えず家へおいで」

地獄で仏とはこのこと「ありがとうございます」と一緒に家へ行った。招じ入れられ、お茶をご馳走になりながら、問われるままに事情を話した。朝鮮から日本へ、予科練に入ったが終戦になり帰る宛てもなく、母の居る朝鮮へ帰りたいと博多まで来たが、どうしてよいか解らずあちらこちら歩き廻っているのですと話をすると、

「じゃあ、当分うちに居なさい。私も博多の方に知り合いも居るから、調べてみてあげるから」

「そうですか、ご造作お掛けします。よろしくお願いします」

久しぶりに人の親切と情に合い、胸が詰って涙が留めどなく流れた。

「この上の屋根裏の部屋が空いているから」と二階に案内された。「布団もそこにあるから使いなさい。疲れたでしょうからゆっくり休みなさい」と下りて行った。名前は田中伝八さんと言って、ここは太宰府の近くの農村とのことだった。

翌日からは畠仕事の手伝いをしながら田中さんからの情報を待っていた。一カ月後、朗報が届いた。博多から朝鮮人の引揚げ船が不定期だが出ているとの情報だった。

第二章

玄界灘

夕暮れの博多港は、どんよりと暗い灰色の雲がたれこめ、生暖かい風が海から時々強く吹き付けていた。青い海も鉛色に変り、重なり合った波が、白く大きな波濤となって、時折岸壁を打っている。

海軍の「帰郷証明書」を胸のポケットに入れ、僅かばかりの現金を持ち、小さな風呂敷包みを抱え純一は、埠頭に立って玄界灘の方角をぼんやりと眺めていた。

終戦になって宛てもなく校門を出てから一カ月余、流浪の身を田中さんに救われ、やっと朝鮮へ渡る機会が訪れて来た。秋の気配を感じる九月の終りになっていた。

数カ月前に初めて日本に渡って来た純一にとって、日本は未知の国であり、頼る宛てもなかった。勿論、終戦で混乱する朝鮮の様子は全くわからず、家族の消息など知るすべもなかった。しかし、なんとかして、母と妹のいる朝鮮の清州の街へ帰りたいと思い、引揚げ事務所で、日本に居る朝鮮の人達が帰る引揚げ船があることを知り、ここ博多までやって来た。どうやって船に乗り込むかと思案した。

目の前に停泊している引揚げ船は数百トンほどの小さな黒い貨物船で、荒波の玄界灘を渡るにはいかにも貧弱で、不安を感じさせた。

数カ月前、日本へ来るため玄界灘を渡った時は、青空の広がる良い天気で波も穏やかな日だった。釜山と下関間の連絡船で七千トンの巨体は紺青の海面に白い航跡を残し、悠然と走っていたことを思い出した。

ふと目を移すと、祖国朝鮮へ引揚げる人達が、鍋、釜などを括りつけた家財道具を背負い、両手には一杯の荷物を持ち次々と列を組んで船に向かっていく。独立に湧き立つ祖国へ帰る喜びを秘めた引揚げ者の表情は明るく嬉しそうだが、日本に居るという遠慮からか寡黙だった。黙々と歩む列の中ほどで、引率者らしい男が何か喚《わめ》き、列を乱して騒めいていた一群がいた。何気なく近寄って純一はその輪の中に入り込んだ。右往左往する人々は自分のことで忙しく誰一人注意を払う者はいない。ほっとして何気なく集団について乗船場へ来ると、一人の船員帽を被った男が何かを一人一人確認しているようだ。「しまった！」証明書は持っているが日本人だということがバレてしまう。どきっと心臓が鳴って足は停まった。朝鮮人もこの頃は日本の名前に換えているが、字を見れば明らかに区別は付く、もう引き返すことは出来ない。はやる気持を押えながら、片手に証明書を何気なく握り親指で名前を押え、ままよと船員の目の前に突きつけるように出した。男の髭の濃さが目に入った。男は顎をしゃくって早く行けと合図をした。一寸頭を下げて渡し板の上に足を掛けた。「助かった！」全身から力が抜け、足の感覚がなくなり、よろめくように船に乗った。

黒ずんだ板壁のところどころに裸電球が灯る船倉は、薄暗く、ペンキの染み込んだ特有の匂いと、むせ返る熱気に溢れ、思い思いの座る場所を求めて騒然としていた。日本人ということを隠している純一は、人込みを避けて隅の僅かな空き間を見つけ、風呂敷を抱え背を丸めて座った。それぞれのグループが人数を確認し合ったり、家族を探し、大声で叫び合って行き来する人達で、ごった返すなかでは、純一の姿など目に入らないようだ。

何時しか、あわただしい出航の準備の音や行き交う人々の騒音も遠くに去り、幾分かの不安と緊張から解放された純一は眠りに落ちた。

「いま何時頃だろう?」ふと胸苦しさを覚えて目を醒ました。船底のエンジンのくぐもったような響きが、遠くから伝わってくる。船が大きく揺れている、眠っている人の間を掻き分けながら、階段を上り甲板に出る。

漆黒の海が荒れて吠えていた。黒いマストの先端のカンテラの鈍い灯が、僅かに闇の中に光を放ち、横殴りの雨が銀色の光の筋となって浮き上がっている。激しい風が吹き、空に黒い雲の闇が走っていた。風にさらされた甲板は揺れ、立っていることが出来ずよろめきながら手摺に掴まる。

黒い大きな魔物のような波濤がうねり、白く光る飛沫を飛ばしながら、船体目がけて叩きつけるように迫ってくる。木の葉のように揺れる船が、その波の壁に突っ込んで行く、猛り狂った恐ろしい海の様相だ。

突然、吐き気に襲われ甲板に吐瀉物を落とす。後から後からこみあげてくる嘔吐に、苦しくその場に倒れこんだ。転がる身体を支えるため、片手で括りつけてあるロープの端を握る。雨や波が全身に容赦なく振りかかる。

苦痛に耐えながら、人の死というものは何の前触れもなく、こんな形でやってくるのかも知れないなど考えているうちに、海の底に引き込まれるように意識がなくなっていった。

「鎮海《ちんかい》だ！　着いたぞ！」という騒々しい周囲の人々の声に、ふと気が付くと、もう日は高く昇り、朝の射るような眩しい陽光が、鏡のような紺碧の海に撥ね返っていた。遠く湾の奥に広がる白い陸地と樹々の緑が美しい。

いつの間にか二百数十キロの航海を終えた船は、鎮海湾に入りゆっくりと進んでいた。あの怒り狂った海は何処へ行ったのであろうか、急いで身体を動かそうとするが動かない。ロープで船員の上り下りする階段の手摺に躰をしっかりと幾重にも巻き付けられている。躰の上には分厚い防水シートが架けられてあった。首を持ち上げて見まわしていると、船員がやって来て、

「気が付いたか、大丈夫か?」

と声を掛けてくれる。日本語に思わず顔を見ると乗船する時、身元確認をしていた人だった。

「はい」

と頷くと、

「危ないところだったぞ。夜甲板を警戒のため見廻りにくると、そこに倒れていたんだ。びっくりして危ないと思って、ロープで括り付け、シートを被せておいたんだ。すんでのところで海へおっこちるか、波に攫《さら》われたかもしれんぞ、気が付いて良かった、良かった」

と喜んでくれた。顔に似合わない親切な言葉に親しみを感じて、「本当にありがとうございました。気を失っていたようですね」

「うん、ところで君、日本人だな」

「ハイ」

「ポケットをみたら証明書があったので、名前を確認しようと思い見たんだ。予科練からの復

員なんだな」

「はい、」

「また、何故朝鮮へ行くんだ、今日本から解放されて祝賀で大騒ぎだ。治安も悪く危険だ、特に日本人に対する報復もあるということで、集団で固まって生活しているそうだよ、日本人は朝鮮から日本へ帰る苦労しているのに、なんで」

「はい、日本で終戦になり、行く当てもなく、母が清州というところに居るので母のもとへ帰りたいと思って、渡って来たのです」

「それは気の毒だ。気を付けてな」

「はい。いろいろありがとうございました、済みませんお名前を」

「ああ、船長の尾崎だ」

「あ、船長さんでしたか、助けて頂き本当にありがとうございました」

「いや、じゃあ気を付けてな、皆に会えるといいね」

と船長は声を残して行った。

砂地に立つと足が震えた。やっと気力を振り絞って一歩一歩よろめきながら歩き出す。母国の地に立った人々の群れは、一斉に喊声を上げ「万歳《まんせい》！　万歳《まんせい》！」の声が沸き起こった。「そうだ、ここは私が生れ育った故郷だが、もう自分の国ではない。異国なのだ……！」一人取り残されたような孤独感と、言い様もない悲しみが純一を襲い、同時に不安と恐怖が背筋を走った。猛烈な喉の乾きと空腹によろよろと足を引き摺りながら「異国だ！　異国だ！」と心の中で虚ろに叫びながら、涙でぼやけて見える街並みの中を駅へと走った。

帰郷

朝鮮半島の東南隅、鎮海を出発した汽車は、馬山《マサン》線昌原《しょうげん》駅を経て、京釜《けいふ》線の三浪津《さんろうしん》へ向かって走っていた。爽秋の空は青く澄み、行く手には豊かに実った田畑が朝の陽を浴びて輝いている。

日本の敗戦の日から一カ月余、汽車には日本の博多港から引揚げて来た朝鮮人の集団が乗っていた。人と荷物で溢れた車内の隅に紛れ込んだ純一は、身を縮めて座っていた。木製の堅い三等車の椅子から伝わる振動に身を委ねながら、流れる景色をぼんやりと眺め物思いに耽っていた。

植民地から解放され独立に湧く国は見馴れぬ国旗が家々に立てられ、街は人々で賑わい活気に溢れていた。噂では、一部の地域では日本人への報復も激しく、生命の危険さえあって、難を避け集団生活をしているということだった。母や妹はどうしているだろうか、無事会えるだろうか、次から次へと不安が重なり、帰りたい一心で、身分を隠して船に乗ったものの、日本人と知られることは怖かった。

気が付くと、先ほどから、向かい合った前の座席に座っているカーキー色の国民服を着、戦闘帽を被って日焼けしてたくましく眼差のきつい中年の男性が、しきりに純一の顔を見ている。朝鮮語を解さない純一は話し掛けられたらどうしようかと、不安と緊張で身を固くし、窓外に目をやっていた。するとその人は周囲を気にしながら、私の耳元にそっと口を近づけて、

「あんた、日本人じゃないか？」

と話し掛けてきた。心臓の鼓動の高まりを全身に感じながら、

「そうですが」

と観念して答えると、

「心配しなくていいよ、私も日本人だ。顔色悪いがどうしたんだね」

と尋ねてきた。躰中の硬直した筋肉が安堵感からみるみる緩んでくるのを感じた。

「あんたが病人のように見えたので、思わず声を掛けたんだよ」

「そうですか、ありがとうございます」

幸い隣の人達は眠っていて、小声で話す日本語の会話には気が付かない様子だった。

純一は軍人を志望して日本に渡ったが終戦で行くところが無く、やっと朝鮮人の引揚げ船に

乗って、母の居る清州の街へ帰るところです、と今までの事情を説明した。

「持ってきた日本紙幣は通用しなくなっていて、食べ物を買うこともできず、昨日から何も食べていないんです」

と肉親に会ったような嬉しさを感じ尋ねられるままに話をした。

「それは気の毒だ、よく帰って来たね。どおりで青い顔をして大丈夫か？」

「じゃあお札を交換してあげよう。何か買って食べなさい」

と言って内懐から拾円の朝鮮紙幣を二枚、小さく折って、そっと渡してくれた。

「ありがとうございます」

紙幣を握りしめ思わず涙がこぼれた。

「次の駅で降りるからね。治安も悪く独り旅は危険だから気を付けて行きなさい。無事お母さんに会えることを祈っているよ」

と言って汽車を降りた。

「ありがとうございました。小父さんもご無事で帰国して下さい」

と再度礼をいってホームを去る後姿に手を合せた。

三浪津から汽車は京城へ向かった。左右に緑の少ない赤茶けた山肌のあらわな低い山並みが続く。渡る鉄橋の下には、流れが止まったようなゆったりとした幅の広い河が光っている。過ぎ行く平野には、収穫を待つ黄金の波が一面に広がり、畦道や白く光る道に、ポプラの樹々が青空に向って真直ぐに伸びている。褐色の低いわら葺き屋根と赤土の壁の農家が点在する。田野に人影もなく、行く秋の陽に映える田園は美しい。幼い頃から慣れ親しんできた風景だ。ここが生れ故郷なのだ。異国とは信じたくなかった。

忠北線の始発駅鳥致院に着いた。集団に交じって降りる。数カ月前、日本への旅立ちの時、見送りに来てくれた母と別れた、思い出の駅である。後二十キロ余の道程である。

斜陽の強い駅前の広場に出る。白く乾いて埃っぽい広場に物売りが並んでいた。

白いチョゴリとパチ姿の老人がチゲに林檎を積み上げて、客待ち顔に側の石に腰を下ろしていた。我を忘れて寄って行くと、人なつっこい笑顔を返してくる。思わず「イゴヂュセヨ（これください）」「ミョッケ（いくつ）」「トゥゲヂュセヨ（二つください）」と片言の朝鮮語で林檎を買う。まだ青さの残る小さな大邱《たいきゅう》林檎であった。「コマップソヨ（ありがとう）」という老人の言葉を背に、逃げるように人目を避け、駅前の便所の裏にしゃがみ込んだ。上衣の裾で林檎の表面の白い埃を拭い、皮のまま齧り付いた。

口中一杯に甘酸っぱい味が広がって行く。久しぶりの固形の食物は喉もとにつかえ、胃の中へ下りていかない。「助かった！」歯形の残る実を見ながら、いいようのない感情が込み上げてきて、涙がポロポロと出てきた。夕陽が駅舎の影を長く伸ばしていた。

息を潜めながらの流浪の旅も、やっと目的の地に降り立つことが出来た。集団とともに駅前の広場に出ると、帰国の同胞を歓迎するのか小旗を持った群衆が「万歳、万歳」と叫びながら、思い思いに握手したり抱き合ったりしながら喜びを表している。その側を目立たないようにそっと群衆から駆け抜けて裏道へ入る。誰も居ない道に立つと極度の緊張と疲労が解けて、物陰へしゃがみ込みほっと息をする。「帰った！」何か夢のような心地がした。「よし」と気を取り直し足早に歩を運ぶ。

裏通りから露地へ、露地から表通りへと人通りの少ない道を渡り歩きながら、街の南の郊外の家へ急いだ。横にポプラの木が茂る門の前に立った、ちょうど外へ出て来た九歳の妹がきょとんとして呆気にとられ突っ立ったまま純一の顔を見ている。「静香！」と呼ぶと驚いて、「あっ、お兄ちゃんだ！　お母さん、お兄ちゃんが帰って来たよ！」

と家の中に叫びながら飛び込んで告げた。炊事でもしていたのだろうかエプロンで手を拭き拭き玄関へ飛び出してきた。

「純ちゃん！」

と言った切り手を差し延べる母の目にみるみる涙が溢れ出た。「ただいま！」

「無事で……。良かった、良かった、よく帰って来た。心配してたよ」

と言いながら二人はそこへしゃがみ込んだ、空腹と疲労でそのまま母の胸に倒れ込んでしまった。

避難

その夜は一緒に生活している林さん一家、小母さんと小さい三人の子供、七人で食卓を囲んだ。危険なので近所の人同士で寄り添って生活していた。久しぶりの食事のせいか、胃がびっくりしたのか、三、四日猛烈な下痢が続いた。帰って来た日は、青い顔でやつれ、まるで幽霊のようだったと妹が話してくれた。

幸いこの一郭は、李さんの日本人用の貸家だったので、騒乱から離れていて、盗難、恐喝、略奪などの危険は少なく、静かで比較的安全で心配は少なかった。

毎日のように朝鮮人が道具や品物を売って欲しいとやって来た。値段は何時も買いたたかれる始末、日に日に家の中が寂しくガランとしてきた。父の死後、家賃の安い所を探して転々としていた頃、貧乏に耐えながらも手放さなかった琴、バイオリン、そして純一の五月人形、鯉幟等も次々と消えていった。売り食いが唯一の生活の手段だった。

驚いたのは、昔、父の弟子として仕事をしていた崔さんが、心配して母へ何かと便宜を図ってくれていることだった。昔の恩を忘れず尋ねてきて、家財道具から食糧品の確保など親身に世話をしてくれており助かっていた。父の死後、独立して今は店を構え仕事も順調とのことだった。

売上代金は略奪、盗難を避けるため缶に入れ裏庭に埋めた。

崔さんの訪問が暫らく途絶えたので心配をしていると、夜半過ぎ崔さんが人目を避けるようにやって来た。

「どうしたんですか？」

と訝りながら尋ね、顔を見ると風船のように腫れ上がっている。驚いて、

「顔、どうしたんですか？」

と尋ねると、

「日本人に協力したという理由で同胞から袋叩きにあいました」

痛そうに顔を顰めて手でそっと頬を撫でた。

「私達の為に気の毒な事をしましたね。もう崔さんも危ないですから出入りしないようにして下さい。何とかしますから」

と母が言った。

「いや大丈夫ですよ。心配しないで下さい。出来るだけ皆さんのお役に立ちたいですよ。何時

も私を一人前の職人にしてくれた旦那さんを忘れることは出来ません、少しでも恩返しがしたいと思います」

と言う言葉に母は涙を浮べて頭を下げた。それからも崔さんは人目を避けて尋ねてきて、あれこれ面倒を見てくれた。

問題は食べること、皆の死活問題だ。食料の確保をどうするかだ。幸いにも林さんの小母さんが朝鮮語の達者のことから、月に二、三回市が立つ郊外の広場へ、調達に行って見ることにした。

十月半ば、町の中を歩くには子供連れが危険が少ないと、純一と静香の三人で出掛けた。

青空の広がる爽秋の広場に、多くの白いテントが雑然と設営され、赤とんぼが市場の周りを飛び交っていた。人目を避け目立たないように中へ入る。地方から出て来た農家や商人達がテントの下で、地面に茣蓙《ござ》を敷きいろいろな品物を並べて、声高に買い物客を呼ぶ。手振りを交え大声で値段の交渉をする人、牛、鶏の鳴声も交わり騒然として活気に溢れていた。

米を円錐形に高く盛って目を引かせたり、三角の小さな穴を開け熟れ具合を見せている西瓜売り、黄金の真桑瓜を積み上げた山、二、三羽ずつ足を縛られ、高い鳴声を上げている鶏、かと思うと鉄の大鍋に豚の頭、足など入れグツグツ湯気を噴き上げている汁を一杯幾らで売っている商人、野菜、砂糖、卵、塩など生活必需品が所狭しと広げてある。

昭和十九年、昨年は前年度に引続き朝鮮全道で未曾有の大旱魃だったが、何処から出て来たのかと思われる品物の洪水だ。

市場の隅で米、野菜、餅菓子などを広げている老人の前に小母さんがしゃがんだ。早速値段の交渉だ。「イゴオルマヨ（これいくら）」「ピッサヨピッサヨ（たかいたかい）」などと手を振りながらの交渉に、純一は小母さんの心の余裕と大胆さに目を円くした。ふっと老人が小母さんの日本の着物ともんぺ姿に気が付いたのか、

「お前、日本人か？」

と問いかけて来た。純一はどきっとして小母さんの顔を見た。突然の問いかけにも動ぜず、

「いや違う、朝鮮人だ」

「何故日本の着物を着ている？」

やはり日本の着物姿に不審を持ったらしい。

「私は日本から朝鮮に引揚げて来たばかりだ」

「どうして日本の着物なんだ」

「いや、貧乏で金が無く買えないんだ」

「ああそうか、それは気の毒だ。日本人なら売らない積りだったが、早くお金を溜めて朝鮮の服を買え」

「ああ、ありがとう。そうするよ」

「じゃあ、大根一本お負けだ」

と言ってポンと呉れた。

「ありがとう、また、来るよ」

とテントを出る。

小母さんの流暢な朝鮮語も、然ることながらその絶妙な機智には驚き感心した。

「小母さん凄いね」

「何時ものこと、慣れているから」

となんでもないような答えが返って来た。しかし、明日はまたどうなるかと不安は増す市場通いだったが、お蔭で食料は何とか足りて生活できた。

終戦時、清州の日本人は約五千人ほど住んでいた。終戦とともに軍隊、警察、有力者、資力のある人々は逸早く、伝や自力で帰国してしまった。後に残された市民は守護してくれる組織もなく、裸の状態で恐怖と不安におののく毎日となっていた。報復のための略奪、暴行、勾留など、そして家屋を没収され住居を追われる身となる人も多く出た。

そこで日本人の有志が、日本人を保護し、無事日本へ帰国させようと日本人世話会が結成された。

昭和二十年八月十五日、日本の敗戦により、朝鮮半島は、北緯三十八度を境に分断され、南は米軍、北はソ連軍の管轄下に置かれた。その時点で南北間は封鎖され行き来は出来なくなった。同時に南は韓国の保安隊が結成され、米軍との共同で治安維持に当るようになった。（一九四八［昭和二十三］年、南部に大韓民国、北部に朝鮮民主主義人民共和国が成立した）

十月初め米軍が本格的に進駐して来たので、戦後の混乱も収まり、治安も急速に回復に向かった。日本人も漸く安堵の胸を撫で下ろした。それまで浮島丸事件という、朝鮮人の乗った日本からの引揚げ船が沈没するという事件があった。これを日本の仕業であるとして、日本人を虐殺するというデマが飛び、日本人は戦々恐々としていた。この時にも日本人世話会が米軍進駐軍に依頼、警戒して貰い、一部の殴打事件のみで済んだことは幸いだった。

治安も良くなり日本人の外出も少し出来るようになった。純一は幼いころからの友達だった秀ちゃんと二人で、街の様子を見ながら日本人会の情報、動向を知るため街へ出掛けた。

まず二人の出身の小学校に行ってみた。周囲の生垣には有刺鉄線が頑丈に張り巡らされ、門には武装した米軍の兵士が二人立っていた。塀越しに校庭を見ると軽装の頑健な躰をした男達がボール蹴りをして、大きな声を出し明るく笑いながら興じていた。初めて見る米兵だ、日本の軍隊の雰囲気とは全く違っていて驚いた。

「軍隊のようじゃないね」

「あれがアメリカの兵隊なんだなあ」

そして外で見ている二人に一人の兵隊が手を振っている。こちらも手を振って答えたが奇妙な感じがした。あれが純一達が戦争中に教えられた「鬼畜米英」なのかなあと訝しく思い二人で顔を見合せた。

本町通りに出た。日本人の店は全部閉じられ、一部の開いている店も現地の人に変っていた。あれほど賑わい活気に満ちていた中心街も影を潜め、別の街のように雰囲気が一変していた。物心ついてから長く慣れ親しんできた街だ。もう自分達と関係のない別の世界になってしまったのかと、懐古の情一入《ひとしお》のものがあり、寂しく悲しい気持で辺りを見回した。新しい異なる文化の芽生えを感じながら。

ふと足を止めた。銀行の建物の前に、一台の小型の四輪駆動のオープンカーが勢いよく走って来て停り、三人の米兵が降り立った。何れも大柄で屈強、頭にヘルメット、肩から銃を下げ、腰には弾包を帯びた完全武装だ。

すると突然、何処からともなく十数人の子供達が、歓声をあげて米兵を取囲み、口々に叫びながら手を伸ばし、何かをねだっている。「何だろう?」「何しているのだ?」訝しい場景に秀ちゃんと目を瞠った。

兵士達は双眼を崩し笑顔で、各々がポケットから、小さな紙包を取出し、一人一人に手渡している。「あっ、菓子だ！」驚きだ。それを貰った子供達は、包みを破って口に入れ、クチャクチャと動かし始めた。「何だろう?」菓子のようだが解らない。兵士達も口をモグモグ動かしながら、笑顔で子供達の頭を撫で、話しかけたりして戯れている。陽気で明るくとても気さくな態度で接している。

戦争中、相手は非人道的な「鬼畜」「米鬼」だと、さんざん教え込まれた純一だ。厳しい掟のもと自我を捨て、人間性を無視し、鍛えられた日本の軍人とは、異質なものを感じた。初めて身近に見る米兵だが、人間味を感じさせる態度に強い衝撃を受けた。見ると聞くとでは大違いではないか。また兵士が子供に与えるほど、菓子を豊富に持っていること自体が驚きだ。日本軍とは雲泥の差だ。

一方でこんな人達と何故闘ったのか。〈何のために、どのような意義や目的があったのか〉いろいろな思いが交錯して解らなくなった。今まで自分がやってきた言語行動は何だったのか。すべてが裏切られたとの思いが強く、打ちひしがれ、虚しく惨めな気持で、信じられない現実の前に茫然として眺めていた。

ようやく我に返り、暗澹とした思いで、その場を離れた。トボトボと歩む背に子供達の燥ぐ声が追って来た。

この頃、北朝鮮の悲劇の情報が入り始めた。聞くところによると治安維持に当る筈のソ連兵による日本人に対する脅迫、掠奪、暴行が激しく、生命の危険にさらされ、南朝鮮への脱出を図ったが、三十八度線は封鎖され越えることができず、多くの日本人が命を落としたとのことだった。脱出できた者は、山や海を伝ってやっと南朝鮮に辿り着き、釜山には命からがらの被害者たちが多く集まり溢れて収容しきれない状態とのことだった。戦争は終ったのに何故という疑問が湧き、負けた者の運命かと暗澹とした思いだった。

引揚げ

清州は、朝鮮半島のほぼ中央部に位置する、忠清北道の道庁所在地である。人口数万。三方を山々に囲まれた盆地に広がる街を、ゆったりとした無心川の流れが、抱くように巡りながら去って行く。静かで落ち着いた地方の小都市である。約一パーセント弱の日本人が定住している。街の中心部は、殆ど日本人の商店が軒を並べ賑わっている。

大正の初期、周囲の草木の少ない、赤土のあらわな山肌の山に囲まれ、樹木が乏しい殺風景の街に潤いをと、居住していた日本人の青年達が、数株から十株、寄付をして、堤防一帯、公園、学校の周囲、郊外の辻々に植栽したという桜樹が並び立っている。

凍てついた原野の白銀が消え、川の流れが微温《ぬる》む仲春、淡紅白色の桜花が一斉に開き、街を華やかに彩る。花の都と謂われている。『桜咲く道足軽く、行けばうららに日は照りて……。』『清州、清州、桜の清州、これぞ我等の心の故郷……』何れも日本人小学校、女学校の校歌の詞の一節である。

川原での花見、墓参と灯籠流しのお盆、神輿が街を練り歩く秋祭、日本人の三大行事である。日頃の疎遠を詫び、旧交を温め、絆を深める貴重な催しである。

祖先は、遠く日本の故郷を捨て、新しい天地に安住の地を求め渡鮮した人々である。その後は永住の地と決め、馴染み、同化しようと日々営々と努力し、生活の基盤を築いて来た人達だった。日本人墓地には父祖の霊が眠っている。植民地などという感覚は全くなく、思いもしなかった。

八月十五日。衝撃が走った！〈何故！　どうして？　信じられない！〉青天の霹靂。突然、衣食住の生活基盤は奪われ、同時に、築いた資産、財産は全て没収。故郷と親しみ慕う地から追い出される身となった。奈落の底に突き落とされ、茫然自失なすすべもなかった。

丸裸になった自分達を守り庇護してくれる人は誰も居ない。身の危険に晒され不安と恐怖の日々が続いている。

十一月下旬、日本人世話会を通して帰国の指令が密かに伝えられた。某月某日、清州駅へ夜《や》半《はん》一時半集合。出発時刻は住民の目を避け極秘、持ち出し出来る物、身の回り品の他には一家に二個の行李、（運賃は二百円）米、缶詰、一週間程度の食糧、持出金一人当り千円、などの指令が出た。あれこれ考える時間は無い、手当り次第に行李一杯に詰め込んで荷造りする。大事なものは行李の中へ、当座の食糧は取敢えずリュックサックへ、母、妹、純一と三人が両手で目一杯下げられるだけの荷物を作る。後は涙を呑んで捨てていくしかない。

戦争に駆り出されて男手は全く無いグループだった。純一と友人の秀ちゃんが運び役を引き受ける。大八車に行李を積み上げ括り付けて夜陰に乗じて門を出る。時は夜中の十二時過ぎ、女や子供は目一杯詰め込んだリュックサックを背に負い、手には持てるだけの荷物を下げ出発だ。大八車は商店街の本通りの道を、他の者は後から目立たない他の裏道を来る段取りにした。

近所の世話になった朝鮮の人達には挨拶をしておいた。家主の李さんの奥さんが、静香と仲良しの子供を連れて夜半にもかかわらず、手にはお握りの包みを携えて見送りに来てくれた。「元気に日本へ帰って下さい」妹達も「さようなら」「さようなら」と涙を流しながら別れを惜しんだ。

「じゃあ、駅で」「気を付けて」互に声を掛け合い出発する。もう二度とこの門を潜ることは無いと思うと胸にこみ上げるものがあった。よく木登りをした庭の柿の木やポプラの木が、黒く影を落とし見送ってくれた。暗黒の空に冷たく星が光っている。

人影も絶えた静寂の闇の行く手に、街灯の裸電球が、凍てついたアスファルトの道に鈍い光を落としている。音を立てず静かにとの願いも虚しく、大八車の軋む音が商店の扉に谺して闇を破る。荷の重さに吐く息も白く、寒気が足許から這い上《のぼ》ってくる。身一杯に重ね着をした躰を動かすことで寒気を幾分か防いでくれる。

突然、横丁の暗闇から二人の影が現れ、

「止れ、何処へ行く」

朝鮮語での激しい叱声が飛んで来た。はっと足を止めた純一達の前に着剣をして銃を構えた兵士が前を遮った。

「保安隊だ！」

一瞬動悸が高まり足が震えた。

「この夜中に何処へ行く、この荷物は何だ！」

叱りつけるように次から次へと銃剣を突き付けての尋問に、連行されるのではと恐怖が全身を走り、

〈荷物はどうなる、日本へ帰れなくなる〉

そんな思いが頭を横切り混乱して、しどろもどろの答えになり、一段と疑いを招いてしまっ

た。そこへ「どうした！」と腰に軍刀を下げた恰幅の良い将校の軍服姿の士官が現れた。兵士が何事かを報告していた。終るとつかつかと近づいてきて、純一と秀ちゃんの顔を交互に覗き込みながら、ゆっくりした口調で、

「君たちは日本人か？」

と流暢な日本語で話し掛けてきた。純一達があまりにも幼顔であったせいか声を和らげての質問で、高い教育を受けたインテリ風の感じのする士官だった。純一もほっと安心感を覚えて、

「はいそうです」

と答えた。士官は車に積み上げた荷物を見ながら、

「何をしているのかね」

「これから日本へ帰国するのです。これは近所の人達の帰国持帰りの許可を得た荷物で、私達が駅まで運んであげているのです」

と事情を説明した。士官は、

「そうか、よし解った。夜道は危険だから気を付けていきなさい」

「はい、ありがとうございます」

深々と頭を下げた。

「助かった！」

緊張感が解け安堵感が全身を包んだ。大八車を押す手に自然に力が入った二人は、無事を喜び合って、凍った道に轍を残しながら駅へと急いだ。

街灯も無く人の見分けもつかない暗い駅前広場、薄暗い駅舎、闇の中にポツン、ポツンと灯された裸電球に浮かぶプラットホーム、懐中電灯の光が交り合い、ごった返す人の波が叫び合いながら右往左往する。戦場のような喧噪の場だ。

帰国先の県別に分けられた。静岡へ帰る秀ちゃんの家族ともお別れだ。

「元気でな」

「ああ、無事に日本へ帰ろうよ」

名残り惜しむ間も無い。機械的にどんどん事は運び、有蓋貨車に荷物と一緒に詰め込まれた。横になるすき間もない。積んだ荷物の脇の場所に母と妹と三人で膝を抱えて蹲る。床から冷気が這い上がってくる。やがて外からガチャンと戸が締められ列車が動き出した。故郷とも思う地を追われる人々は悲しみと疲労で声も無く放心したように振動に身を委ねていた〈何時頃だろう?〉ふと見ると扉の隙間から白い靄《もや》のような灯りの筋が差し込んで来た。もう夜が明ける。故郷の見収めの光か。家を出てから数時間経っている。

やがてゴオーと鉄橋を渡る響きが伝わって来た。郊外の鉄橋だ。春は桜、夏は水遊び、秋は魚捕り、冬はスケート、幼い頃から育んでくれ、慣れ親しんだ街外れの無心川である。もう二度と来ることの出来ない「ふるさと」との別れ、じーんと胸に迫る悲しみに、純一は「さようなら」の声も出なかった。前途の全く見えない出発だ。

列車は途中何度も停車。野外での食事。用足しなど通常の二倍、三倍いやそれ以上の時間を掛けて釜山駅に着いた。その間、列車での生活は日時の感覚を全く失っていた。必要以上に時間を掛けての旅程は、途中幾度か引率責任者が、皆から金銭を集め、列車が停まるたびに、慰労のため礼として、幾らかを運行関係者に渡す。そんなことを繰り返しながらやっと釜山に着いた。釜山は連合軍の管理下に置かれているらしく武装した兵士達が誘導した。

列車から降ろされた日本人達は「荷物は?」「下して欲しい」という願いも「ノウ」の一声で折角運んで来た行李は、そのまま列車に載せられて、あれよあれよという間に去ってしまった。没収である。なんと許可して運賃まで支払わされてのこの処置である。歯軋りし悔しかったが抗議の術もなかった。これも敗戦国民の悲哀かと諦めざるを得なかった。

立並ぶ倉庫の建物に囲まれ、鉄道の引き込み線のコンクリート埠頭で乗船までの生活が始まった。交叉する線路の隙間をかまどがわりにし、拾い集めた木片や紙などを使って飯盒で米を炊き、持参の缶詰で食事をする。乗船も次から次へと釜山駅に着く引揚げ者で溢れていて、何時という目処が立たない。こんな生活が何時まで続くのかと心配になる。気丈な母は耐えているが、妹はさすがに疲労が濃く「大丈夫か?」と聞くと力なく「うん」と頷くだけである。取敢えず持参のタオルなどを敷いて、リュックサックを枕がわりにして横にならせる。

いよいよ乗船。ほっとする間もなく、全員一列に並ばされる、何事かと身構えると、前の人から順番に持物の中味、服装の検査だ。目的は金銭や金目の物、人伝《ひとづて》には聞いていたので一部を見せ金としてポケットに入れ、後は靴の底、水筒の蓋の中、リュックの底に隠していた。持出しは一人千円まで、貴金属類、宝石などの持出しは禁止という厳しい指令が出ていて、それに反する物はすべて没収されると聞いていた。

一列に並ぶ。武装した進駐軍の兵士が、一人一人たしかめながらやってくる。見上げるような大きな男が純一の前に立った。体が強張る。ポケットを指差し、「出せ！」という仕草をする。純一は、上下のポケットから、札と雑物を一緒にし、掌にのせ、捧げるように突き出す。金は千百円。兵士はつっと手を伸し、百円札を取り上げ、尻のポケットに無造作に仕舞い込んだ。後は返してよこし、「ＯＫ！」行けと首を横に振った。「助かった！」ほっとして緊張が解れ、前の人の後を追った。

取られても良いように、故意に余分に入れておいた「見せ金」が功を奏し、後は調べられずに済んで、他に隠していたお金は没収されなかった。女性達は別の建物に連行され、女性の検査官に衣類の中まで調べられた。運良く母は着衣の中に縫い込んでいて見付からず助かったものもあった。荷物、金、貴重品、指輪など全部取られての乗船、文字通り裸の帰国になった。

一難去ってまた一難、日本での生活はどうなるのだろうかと不安は増すばかりで気が滅入ってしまって言葉もない。

やっと乗船の順番が回って来た。リュックを背に手一杯の荷物を持ち立ち上がる。妹を支えながら乗船する。次から次へと人々が傾《なだ》れ込むように船室や甲板の上が埋まって行く。定員など関係なく一人でも多くを乗せようと誘導が続く。甲板の隅に場所を見付け三人で座り込む。中の船室より甲板の方が風に当り良いのではと場所を確保した。家を出てから何日経ったのか解らない。日時の感覚など全く失ってしまって思い出せない。

やがて出航の合図のドラの音とともに、七千トンの興安丸は、定員の何倍もの引揚げ者を乗せ、灰色の船体をゆったりと埠頭から離れた。

空には暗い灰色の雲が垂れ籠め、薄い霧に包まれた釜山港から船は鉛色の海へ白い航跡を引きながら離れていった。だんだん遠く青く霞んで行く朝鮮の山々を船上から眺めた時、寂しさと深い悲しみが込み上げて、溢れる涙をどうすることも出来なかった。

祖国

船は出発して八時間、陽が地平線に輝きを沈める夕刻、日本海に面した仙崎の港に入った。

行き先は九州の博多と告げられていたが、戦争中の浮遊機雷の危険を避けての変更と後で知らされた。

樺太からの日本人の引揚げ船が、国籍不明の船に魚雷攻撃を受けて沈没、多くの人が亡くなる事件が数件発生したとも聞いた。

船上から眺めると、紺碧の海にこんもりとした紅葉と緑の峰々が、横に長く連なる島のようで、朝鮮の緑の少ない赤茶けた山々を見馴れた純一には、美しく瑞々しい新鮮な一幅の絵を感じた。これが私達の祖先の地、これから生活する母国なのかと、しばし深い感動が込み上げ上げるものがあった。数カ月前、軍人を志望して来た時とは全く違った感情が心を占めた。

その夜は、用意された民家に泊めて頂く。

「ご苦労さま」

「大変だったなあ」

「よう無事で」

「お風呂にどうぞ」

家の人々から労いの言葉を頂き、檜の風呂で汗を流し、炊き立ての白い御飯に温かい味噌汁、塩味の利いた黄色い光沢の沢庵、人として味わえる何物にも替えがたい最高のご馳走であった。心尽くしの温かい布団の一夜を過し、翌日は、作って頂いたお握りを手に、何度も何度もお礼の言葉を述べ駅への道へ。生憎の小雨まじりの天気で、仙崎駅から無蓋貨車の旅となった。山陰本線では、何回もトンネルを潜るたびに目を空けると、煤と雨滴で皆の顔が墨を流した化粧になり、思わず笑い合った。そんな笑顔は幾日ぶりだろうか。母国に上陸し初めて身の安全に安堵感を覚えた笑いでもあったのではないだろうか。多くの辛酸を嘗め這い蹲ってよくぞここまで来たものだと思う。

人間はどん底の生活に落とされても、生きようとする意志、意欲があれば、這いあがろうとする勇気、智力、気力を備えているのではないだろうか、と列車の振動に身を任せながら移り行く日本の地の景色を眺めながら純一は思った。

純一達三人の目的地は岡山であったが、下関から九州まで足を延ばし、お世話になった田中さんの家を訪れた。皆さん大変喜んでくれ、

「無事お母さんと会えて良かったなあ」

と労わりの言葉を頂いた。預かって貰った荷物を取りに二階の部屋に上がる。苦渋の放浪生活を癒やしてくれた部屋だ。懐かしく座って見回した。

「お元気で頑張って下さい」

と見送って下さる田中さん一家にお礼を言って別れた。

途中、門司で引揚げ者のための宿に一泊、心尽しの握り飯などを頂き岡山へ向った。

純一達の辛く長く苦しかった引揚げの旅も岡山で終り、駅に降りた。見渡す限り岡山の街は一面の焼野が原で駅前の広場には、板やテントで囲まれた露店が軒を並べ、よれよれの国民服姿の男やモンペ姿の女が右往左往していた。

母の兄が迎えに来てくれるとのことで待つことになった。爆撃で駅舎の屋根が飛ばされ、空の見える構内の隅に三人で座り込んだ。極度の疲労で睡魔に襲われ荷物を抱いて前後不覚に陥った。

ふと気が付くと、母と妹はまだ眠りの最中「あれっ！」と見廻すとリュックや手提げ袋が荒らされている。「しまった！　米が無い！」一瞬顔が強張《こわば》り血の気が引く。大事に持ち運んでいた一升の米だ。明日を思うと暗澹たる気持になった。幸い米だけで、門司を出る時頂いた握り飯は腰の脇にくっつけてあったので助かった。果物なども無事でほっとする。闇市へ行って黒ずんだパンを見付け、買って来て食べ、人心地がついた。品物は目が飛び出すほど高かった。

「そうそう、蜜柑があったよ」

と母がリュックの中から三個取り出し一個ずつ分けて食べる。ほっとして妹が蜜柑の皮を包んで何処に捨てようと見廻していると、着物にもんぺ姿の中年の女性が近づいて来た。髪は乱れていたが、こざっぱりして人品から見て物乞いではなさそうだ。

「あのう、その蜜柑の皮を頂けませんか？」

「えっ」

「皮です」

「これですか」

と妹が怪訝な顔をしてそっと渡す。

「ありがとうございます」

と押し戴くようにして、その場でむしゃむしゃと食べ出した。びっくりして、

「どうしたのですか?」

「昨日から何も食べて無いのです、買うお金も無くて……」

悲しそうな顔をした。

「それは気の毒」

「静香、あれを上げたら」

と母が促す。妹は袋の中から薩摩芋を出して、

「どうぞ」

と一個渡す。

「ありがとうございます」

涙を流しながら懐に入れて、後を振返り振返り去って行った。

「明日からあの人はどうするのだろうね」

と、三人で話し合いながら、闇市の方向に行く後姿を見送った。

十数年振りの再会で、迎えに来た母の兄も雑踏の中、探しあぐねてやっと会えたのは三時間後で、母に似て小柄、優しくおだやかな感じのする人だった。岡山から軽便鉄道で西大寺という街に着いたのは夕方で、行く先は鶴山村鶴海《つるみ》という所だそうだ。ここからバスで一時間半程かかるとのことだったが最終バスは終ってしまい歩くことになった。伯父は自転車で来ていたので妹の荷物の一部を積んで貰い、街外れの大きな長い橋を渡って出発する。

暫く行くと、十二月、日暮れは早い。どっぷりと日は暮れて、人通りも外灯も無い闇の中、星明りで白く浮かんでいる田舎道をとぼとぼ歩く。途中、ポツンポツンと家々に明りが灯る村里を過ぎる。疲れた身には、早くあの灯下の中に落ち着き、休みたいと、自分の身を恨めしく思う。四、五時間歩いただろうか、空腹と疲労で足取りが重くなる。ふと立ち止まる。目の前を遮る、山に登るような坂道が浮かぶ。

「この峠を越えれば鶴海だよ、もう直ぐだ頑張って！」

伯父が声を掛けてくれる。峠の道を登り始めて暫くすると、後で「バサッ」と物が落ちる音がした。びっくりして振返り、暗闇を透かして目を凝らすと、後れがちに付いて来ていた静香の姿が無い。驚いて引き返すと、水捌《みずは》け用に掘られた側溝の中で踠《もが》いている。

「どうした！　大丈夫か？」

と叫びながら抱き起こす。

「大丈夫、眠くなって半分眠って歩いていたの、ごめんなさい」

「いや、怪我は？」

「大丈夫」

と元気な答えが返ってきた。幸い側溝は浅く草地だったのでほっとする。幼い妹にとっては過酷の旅で疲労も極限に達していた。何とかしてやりたいと思うがどうにもならない。

「伯父さん、ちょっと休みましょう」

声を掛ける。

「じゃああそこで」

と指をさす。坂の途中に一軒、明りが道に洩れている店があった。村の散髪屋さんだった。その前の道端に四人で腰を下ろし、持っていた握り飯の包みを開く。するとガラス戸を開けて中から中年の女の人が顔を出して四人を見て外へ出て来た。

「どこへ行きんさるのかな」

「私達は朝鮮から引揚げて来た者で、バスが無く西大寺から歩いて来たのです。これから鶴海まで行くのです」

というと驚いて、

「そりゃ、大変だったな」

「まあ、小さなお嬢ちゃんも」

ぐったりしている妹を見て「大丈夫かな」と労わりの言葉を掛けてくれた。

「さあ入って休みんさい」

と温かいお茶を入れてくれた。一息つきお礼を言って、

「気を付けて行きんさい」の言葉に送られて外へ出る。初めて地方の親しみを感じる岡山の方言を耳にした。最後の暗い峠を越えると眼下のあちらこちらに明りを灯した家並みが見られた。峠を下りる。

「ここが鶴海村だよ、ここから海岸の道を行くと、鶴海沖というところ。そこが伯父さんの家だから、もう直ぐだ頑張って！」

と伯父が励ましの声を掛けてくれる。

やがて海が見えた。鶴海の港だ。暗い海面に繋留された大小の船が魔物のようだ。海まで迫った海辺の山裾を削ったような曲折した砂利道が続く。バスの通る道だとのことだが、外灯もなく真暗だ。海が一望できる海岸に出ると、左手に高い煙突の聳える工場群、僅かな山裾の平地に一群の家並が明るく浮かび上っている。ここは工場に勤める従業員達の社宅だと伯父さん

が説明してくれた。家々の間を縫って高台の伯父の家に着く。六軒長屋の社宅の一軒だった。時刻は既に十二時を回っていた。伯父の家族、伯母と二男一女、五人の家族で、あまり遅いので心配してまだ起きて待っていてくれたらしい。皆さんに歓迎されての到着にほっとするとともに、やっと最後の目的地に着いたという安堵で、どっと疲れが全身を襲った。その夜は何もかも忘れ、泥のように眠った。清州を出発して何日経ったのだろうか、日時の感覚は全く麻痺してしまっていた。昭和二十年は終ろうとする十二月の中旬だった。

到着後間もなく激動、波瀾の昭和二十年は終り、昭和二十一年を迎えた。母国とは言え、未知の国である日本、安住の地を求めて辿り着いたのは、岡山県の東南部、瀬戸内海に面し、海が陸地に大きく入り込んだ、小さな湾を臨む鶴山村鶴海という村であった。鶴山村はひとつの峠を挟んで鶴海地区と佐山地区に分かれ、それぞれ個性的な地形を持つ珍しい集落である。

佐山地区は比較的平坦な地勢で農業が発達し、米、麦を始め果樹栽培をしている農家が多い。一方鶴海地区は南北を山に挟まれた地勢で、南側は黒美山《くろみやま》（＝俗称、海抜二百十六メートル）の北側が擂鉢の斜面のように急で、平坦部が少なく農業だけの生業では成り立たず、商売の家も多く半農半商の村で、戸数五百戸、人口千五百人ほどの村である。

交通は東西が少し開け、西に向けて一日三往復のバスのみ、東は他の地区へ行くには船しかない。山陽線からも遠く離れ、交通の不便さはいうまでもない。生活面でも日用の雑貨を売る店を中心に数軒あるに過ぎない。こじんまりまとまって、古い慣習等をまだ残す平和で穏やかな村とも言えるが、陸の孤島である。

純一達が身を落着けたのは、鶴海より更に奥、一キロ半程先の鶴海沖と呼ばれる地区である。鶴海より、山裾の海岸通りを巡って行くと、海岸を埋め立てた土地に、耐火煉瓦と化学工場が並ぶ一郭に行き着く。工場を見下ろすように山裾の斜面を切開いた平地に、従業員用の長屋式の社宅が五、六十戸建っている。二百数十人が生活しているようだった。生活面では日用雑貨を売る鶴海の店の出店、散髪屋、会社の医療施設として診療所、これが社宅群の真中にある施設である。

主要な生活物資、日用品等は船で片上《かたかみ》の街か、バスで西大寺や岡山へ行く手段しかない。

第三章

破局

敗戦、引揚げ、命の危険を脱して、やっと帰国した純一達を待っていたのは、戦争が終り安らぎの生活の中に身を置く幸せなどとは程遠いものだった。衣食住すべて生活の手段を奪われた身にとっては生きるための過酷な時代となった。どうやって糧を手に入れて生命を繋いでいくかの一点の厳しい生活となった。物価は日に日に上昇、お金の価値はなくなるインフレの波は、生活をより厳しく動きのとれないものにしていた。餓死も当然という時代となった。

終戦の年は米の収穫高は平年の約六分作、明治末年以来の大凶作を記録した。食糧危機は一層深刻になった。その結果、食糧の遅配欠配は日常茶飯事となり、配給も途絶えがち、配給のない日々も続いた。

配給の米は一人約二合一勺（三百グラム）、米のかわりに高粱、麦の配給、米はタイやビルマなどの外米、それも逼迫した電力事情により精米されていない場合も多く、そのために一升瓶に玄米を入れ、棒で突いて白くしてやっと食べることが出来た。

配給の小麦粉、とうもろこしの粉を練り手製のパン焼き器でパンを作った。板きれを集めてきて、長方形の箱を作り、銅線で電極を拵らえ、その中に粉とイースト菌を入れて電気を通すと出来上がる。黒ずんでおよそパンと呼べる代物ではないが「焼けたぞー、出来たー」と皆で手を叩き喜んで口にした。美味しい不味いもない腹を満たせばご馳走である。

食糧確保のための手段として農家への買い出しに行く。物々交換だ。物を米と換えるタケノコ生活（竹の皮をはぐように物を売って生活費に当てる）である。配給される米や芋、それも遅配、欠配ではどうにもならない、売り食い生活だけが残された最後の手段だ。闇食料にすがって生きていくより方法はない。

純一たち引揚げ者には換えるべき衣類等は殆ど無い、僅かにリュックサックの底に入れて置いた妹の着物が数枚あった。静香は健気にも、

「私、着物要らないからお米に換えて」

と言った。

母と三人で一つ山を越えて農家を一軒一軒訪ねて廻った。

「駄目だ！」

「出来ないよ」

と何処も断られて成果なく、すごすごと夕暮れの山道を帰る時は惨めだった。山裾の道端の草叢に三人で腰を下ろし、沈む夕日を見ながら、

「今日は駄目だったねえ」

と母がため息をつく。

「仕方がないよ、また、明日別の家へ行ってみようよ」

「そうね、そうしようよ、お母さん」

純一と静香は母を励ましながらも自分をも励ますように言葉を交わした。

ふと見ると、山裾の段々畑の脇道に葱や大根の葉の切れ端が捨てられていた。

「あっ、ちょっと先へ行っていて」

と声を掛け、拾い集め抱えて走って戻り、

「これ、いいものがあった」

母は一寸悲しそうな顔をしたが、直ぐ笑顔になって、

「今日は、これで雑炊を作り食べようね」

「よかったね、お兄ちゃん」

三人は少し顔を綻ばせながら帰りの山道を登った。

夕日が三人の影を長く道に伸ばしていた。毎日が生きていくためのこんな生活、明日を迎えることが出来るのか、前途は真暗だ。

二月には、インフレを抑えるために、金融機関の個人、法人の預金は封鎖され、月五百円で生活をするという、新円切換えが施行された。しかし、物価は日に日に高くなっていき公定価格の何倍の値段だ、闇市でものを買うのも容易ではない。妹はとうとう栄養失調で目ばかりギョロギョロの異形になり、遂に肋膜炎に罹り倒れてしまった。

問題は、一家が生活していくためには収入を得なければならないということだ。半年後純一は運よく化学工場に採用された。一応旧制中学卒業という扱いで研究所の助手の仕事を与えられた。上司は高等専門学校出身の技術者で仕事には真摯で温厚な人だった。二百数十人居る従業員は事務職と工員に別れ、大学出は本社から派遣された工場長を始め二、三人、事務職は旧制中学出身者が三、四人、他はすべて高等小学校出という人員構成で待遇面でも大分差があった。

静香は何とか健康を恢復し、五年生に編入になり、峠の上の小学校へ通うようになった。母は村の呉服屋や個人などから着物の仕立て物の内職が入るようになった。妹は学校から帰ると化学工場のコークス拾いに出て日銭を稼ぎ、三人の収入でほそぼそだが何とか生活の目処がつき始めた。

また、工場に務めるようになって、職長の息子で同じ職場で働く竹下達雄君という友人が出来た。同年ということもあって日に日に親交が深まり、地元で気の許せる初めての友人になった。頼まれて中学一年生の弟さんの勉強をも見るようになり、家族との交わりも深くなっていった。孤独な純一にとっては幸せで嬉しく、心に小さな明りが灯った。

新しい土地での生活は、見るも聞くも経験するすべてが、朝鮮でのものと百八十度の違いだった。六軒の長屋式の社宅は、風呂も便所も、そして井戸もすべて共同で、長屋の人達とは明けても暮れても何かにつけ、いつも顔を合せる生活だ。始めは心身の自由が束縛され、思うままに振舞えず窮屈で戸惑いの日々だった。近所の人達はそんな生活が板についていて、隣人とも打ち解け和やかなムードだった。まあそうしなければここでは生活出来ないのかも知れない。しかし純一の家族にはなかなか馴染めなかった。

第一は純一たちの住まいの問題だった。何時までも伯父の家に同居することは無理である。社宅の六畳、三畳、台所という狭いスペースに、伯父一家五人との同居の生活は土台無理、何時までも続くわけがない。やがて破局が来た。

母と兄との間で、引揚げ時に持って帰った虎の子三千円、利殖のために兄に預けた金銭の縺《もつ》れから口論となり、「出て行け!」「出ていく」売り言葉に買い言葉、気丈な母との喧嘩になってしまった。出ると言ったものの行く宛もなく困った母は、仕立て物などの内職の仕事を貰っていた、ご主人が建築業を営む岩田さんの奥さんに泣きつき相談をした。作業所に附属していた離れの一軒を提供してくれ、早速引っ越しをした。生活のための家財道具は何も無い。ゼロからの出発である。岩田さんのご主人も親切な人で何くれと無く面倒を見てくれた。しかし、これが後に取り返しのつかない大きな事件を巻き起こしてしまった。

ご主人と母との間を疑い、誤解した奥さんとの間が険悪になり、口論が絶えず、罵り合い、聞くに堪えない雑言は耳を疑いたくなるほど激しく、夫婦間の亀裂を生じ、遂には子供を置いて出て行ってしまった。そのため、母が子供を見る結果となって、後妻のかたちとなり「不倫」のレッテルを貼られてしまった。

狭い地域で噂は忽ち広がり、純一と妹は不倫の子という冷たい目で見られるようになった。外へ出ることは気が引け毎日が針の筵で、特に妹は上級生から苛められ、泣いて帰ってくることも度々で、学校へ行かないと登校拒否の状態になってしまった。

その時、傷心の純一を慰め接してくれたのが竹下君一家だった。

「俺の家へ来い」と誘ってくれ食事をしたり泊めてくれたり、純一の心を癒してくれ涙が出るほど嬉しかった。母のこれまでのいきさつや心情を察し、全く母を恨む気持は起きなかったが、十代後半の若い純一にとって、新しい人を父と呼ぶには甚だしい抵抗感があった。かろうじて、岡山の方言にある「おっつあん（小父さん）」と呼ぶのが自分を殺しての精一杯の努力であった。

苦悩

昭和二十二年、純一は十七歳を迎えた。世の中の情勢の変化の波は大きく激しかった。一つの国家の体制が崩壊していく過程。財閥解体、農地改革、婦人参政権、選挙、次から次へ出される体制の変化を驚きの目で傍観している純一だった。

一方、主食の米の遅配は続いている。外食券食堂以外は営業禁止、依然として闇物資は幅を利かせている。配給だけの生活を守った山口良忠判事が栄養失調で死亡するという痛ましい悲劇があった。人ごとではない身につまされる出来事だ。

昭和二十一年の十一月から、米の配給は二合五勺（三百五十グラム）に増配されたが遅配欠配は相変らずだった。二十一年の暮には南海大地震があって、死者、行方不明者は千五百人を数えた。

夢も希望もない重苦しい生活が続くなか、ある日、おっつあんが、

「学費を出すから学校へ行け」

との意外な言葉にちょっと耳を疑ったが、

「本当ですか？」

と念願の復学がかなうと思うと喜びで天にも昇る心地だった。

進学を決めたのは良いが、受験のための参考書、辞書類は勿論、鉛筆一本、ノート一冊等の文房具一式から揃えなければならなかった。もう一つ困ったことは、復学の手続きのための証明書だ。在学証明書をどうするか、はたと困った。方々に手を尽くしやっと朝鮮で同窓だった友人と連絡が取れ、師範学校時代、予科練に送り出してくれた時の校長先生が、引揚げ後、高知県の県立高校の校長をされていることが判り、早速連絡をとりお願いをした。先生も純一のことをよく覚えていてくれ、快く引受けて下さった。送られてきた証明書は県立高校の校長名で立派な四角の印が押され、その計らいに涙が出るほど嬉しかった。編入試験も無事終り、後は入学金等を収めるだけとなった。

すると突然「学費は出せない」とおっつあんが言った。「えっ」純一は一瞬耳を疑った。「今の生活では無理だ」の言葉に昂奮した純一との激しい口論となり、逆上した純一は台所に走って出刃包丁を握った。戻ろうとすると、「やめて！」と絶叫した母は、純一の腰にしがみついた。「お願い、止めて！」その声に少し冷静さを取り戻した純一は包丁を投げ捨てて外へ飛び出した。自暴自棄に陥った心は容易に治まらなかった。重い足で歩む山の道も涙でぼやけていた。

後日、純一は自分の粗暴な振舞に詫びを入れたが、それからは二人の間の不信の溝は深まりこそすれ浅くはならなかった。純一は家を出る決心をした。

工場の事務課長に事情を話し独身寮へ入れて貰うことができた。

六畳一間、西側に幅三尺の板の間、持参の机、椅子を窓際に並べ、自分なりの生活の場を作った。引揚げ後初めて自分一人での空間を持った。食事も寮の賄い、量は時節柄充分とは言えなかったが食べることに不自由はなくなった。そして自分を静かに考える場を与えられたことはすばらしかった。生きるために食を求めるだけの生活、人間的思考の全く無い劣悪な環境から一歩這い出したと言える。十代後半を迎える純一にとって、心理的に自我を自覚する年齢である。哲学的思想の芽生えは当然だ。

純一は、全体主義、共同体体制を否応無く押しつけられ、定められた路線を何の疑いもなく素直に真直ぐ走り続けることが人生における最善の生き方と信じた忠君愛国、滅私奉公の精神の主《ぬし》である。個々の権利を主張し闘うという自我の強さなど夢にも考えられなかった。そして自分なりの人生を創り出すなど想像も出来なかった。

戦争中の教育は何であったのか？　自分で考えることは許されず、人間の生き方を規制され、個人を全体の目標に総動員する思想体制、そんな路線が突然消えてしまった。自分の好きなように、生き方を干渉されない社会、個人を尊重する民主主義社会とはどんなものか、全く想像もできなかった。囲いの中で培養されたとも言える純一にとって、変化する時代の波の中に、人間の生きる意味、生きる目的を追究し、そして如何に生きるべきか、自分のあり方の探究は疑心に疑心を招き、自らを呪縛に追い込む結果を生んだ。それまで当然と思っていた集団での行動に或る種の生理的な嫌悪と反発を強く感じる不思議な感覚が生れてきた。今までのものの否定が全く逆の自己嫌悪を生みだしたのであろうか。

活字にも飢えていた純一は、視野を広げようとする意欲が湧いてきた。人間性の探究のための手段、方法として基礎知識習得のため、哲学概論、哲学史の書に手を伸ばしていった。しかし現実には蟻地獄に落ち這い出せず踠《もが》き苦しむ日々となっていた。

キルケゴールは、人間を絶望から救うためとして宗教的人生を提唱している。「全身全霊をかけて神と対峙するとき、初めてその人自身の存在理由、すなわち個別的真理に到達することができるという宗教的人生、自己に頼らず絶対者によって生きるという答を見出した」とある。純一は、自分のような人間にとって宗教に答えを見出すことが出来るのであろうかと漠然と考えさせられた。

故郷を失った引揚げ者、食を求め歩く生活苦、母の再婚、家庭内の葛藤と三重苦、いや四重苦とも言える重荷を背負って歩く人生である。

ふと夜中に目を醒ますと、一個の人間としての自分の存在を感じ、よくぞ生きてここまで来ることが出来たものだと不思議に思い、自分自身への労わりと愛おしさを覚える。

朝鮮の清州を離れたのは生れて初めてで、簡単には新しい土地には馴染めない。毎夜彼の地を夢見て、一生かかってもここの人間にはなれない。故郷を失うということはこういうことか、と寂しさ悲しさが込み上げる夜々だった。純一の手許には故郷の街を知り、幼い頃の思い出を偲ぶ一枚の写真も無い。引揚げる時、釜山の港ですべて没収されてしまった。

不安、焦燥、苦悶、絶望の中でだんだん口数も少なくなり、体調も優れない鬱的状態の生活になっていった。そしてそれは「死」という構図に繋がっていった。

折に触れ、渇き荒んだ心に潤いを求めて山野を徘徊する日々となった。眠れぬ夜は、月明りに誘われて裏山へ足を運ぶ。斜面沿いの曲がった坂道を登る。闇に包まれた木々が月の光を受けた白い道に影を落としている。しんとして物音ひとつしない静けさ。時折、風にそよぐ葉音が伝わってくる。恐怖感は全く無い、むしろ心の中に泥のように溜まった苦悩が掃き出され爽快な気分を覚えた。

突然ガサガサと笹藪が鳴る、目を凝らすと何かが草叢の中にササッーと姿を消した。「あっ、狸かな」と思いながら足を運ぶ。前方の高い斜面から「ピュー」と笛を吹くような鳴声が伝わってくる。鹿のようだ。この附近一帯は、急峻な山肌に樹木が生い茂り、人の出入りを阻んでいるため多くの動物が昔から棲息しているという。純一はまだ見たことはないが猪や鹿は勿論、猿、狸、狐の小動物などよく見かけるとの村人達の話だ。

登り切って村の方へ少し下ると、八幡宮境内裏手に出る。八幡宮は村を見下ろす山の中腹に祀られており、鶴海の村からは急な長い石段の参道を登るようになっている。掃き浄められた境内は月光で絵のように白く浮き出て清々しい。小さな社の建物が境内を取り囲み、山の霊気が静寂の空間を造り神秘的な気が漂う。拝殿の格子越しに中に目を向けると、堂内は天井、板壁に所狭しと大小の絵馬が掛けられている。古い時代の物が多く古色蒼然として、ひんやりとした空気が漂っている。

濡れ縁に腰を下ろす。冴えた中天に輝く月を仰ぎ見る。月との対話が始まる。唯一純一の心が和み、安らぎを得る一時である。

幼い頃の十五夜の月見を思い出す。〈月は仏さまで仏さまは月である〉とよく言い聞かされた父の言葉が甦ってくる。

そんな言葉に真剣に頷いて両手を合せた。

日本人は信仰的な意味から阿弥陀三尊（阿弥陀、観音、勢至）の来迎を拝することが出来ると信じ、十五夜の月を古来から大事にする生活習慣が伝承されて来たと本に書いてあるのを、村の図書館の歳時記で最近見付けた。

幼い頃の父の言葉は純一の心にしっかりと植えつけられ、喜びにつけ悲しみにつけ月と対話する習慣が身についた。それは自分自身との対話でもあった。そして今、死について考えてみると、同じ死であっても、戦争中の死は物としての死であり、今考える死は人としての死の観念であると思う。それはすばらしい思想的な発見と言えるのではないか、従って死こそ純一にとって最良最善な行為になるのではないか、何時までも厭きることのない思索にふける。ずっとこのままの状態で居たい、山間から夜のしじまを抜けてまたピューと甲高い鹿の鳴く声が耳に入って来た。仰ぎ見る月は何時の間にか西の方角の空に傾いていた。

清風

晴れた日は、急峻な山の裾が迫った海岸沿いの道を、海や山の気を吸いながら一キロ程奥の方へ一人ブラブラと歩く。行きかう人影は殆どない。やがて山を背にした坂田という地名の小さな平地に出る。山間の渓谷から流れ落ちた水が川となって海へ注いでいる。両岸の平らな野原に十数軒の民家が立ち並ぶ。一見人が住んでいるのかなと訝るほどの静寂な家々の佇まいだが、周囲の菜園に人の生活を感じる。

付近には坂田貝塚と呼ばれる史跡がある。猪、鹿などの動物の狩猟に使われたのか鋭い刃を持った石槍らしいものも発掘されたとのことで、古代から人が生活していた場所のようだ。地理的にも気候的にも住み易かったらしい。

村の外れに小さな地蔵堂があり、何時も供物や花が供えられている。手を合せ、横の山に登る細道に入る。九十九折《つづらおり》の岨道《そばみち》を登って行くと突然視界が開け、左手の山の斜面には樹木が生い茂り草叢が地を覆っている。右手は見下ろす渓谷。大小の幾つも重なり合った岩々の間を縫って、白いしぶきをあげながら音を立てて水が流れ落ちていく。繁る雑草を掻き分けながら渓谷に下りる。ゆっくりと岩場を伝わっていくと、一畳半程の比較的平板な岩の上に出た。腰をおろし見渡すと広々とした海、果てしない空、足元のせせらぎの音、何一つ遮るもののない大自然の風景、木々の繁りが岩場を覆い隠し山道からは全く見えない。純一が本を広げたり思索にふける秘密のそして憩いの場所でもある。

今日は爽やかに晴れた秋の日、奥のお寺まで足を延ばそうと山道を登る。登り切ると山間の盆地のような雑木雑草の繁る野原に出る。この道を真直ぐ行き、峠を二つほど越えると外海の虫明《むしあげ》の港に出る。昔は生活の道として重い荷を背負って往来したという。脇道に入る。少し行くと広い道になり間もなく寺の参道になる。登る石段の左脇には土産物屋や食べ物屋が数軒立ち並んでいる。その一軒に純一は声を掛けた。お参りに来るときは何時も立ち寄る馴染みの団子や餅などを売る店だ。

「小母さんこんにちは」

店番をしていたエプロンに姉さん被りをした小柄な中年の女性が立ち上がって、

「あらー結城さん、お出でんせい。久しぶりやなあ、元気にしとるかな」

親しみを込めた人懐こい顔が奥から出て来た。方言が耳に心地良い。

「ああー、お蔭さんで。小母さんも元気そうだね」

「ああ、それが取柄じゃからな。今日は結城さんの好きな草餅があるよ」

「ああそう。ありがたい。お参りが済んだら帰りに寄るよ」

「じゃあ、取って置くから、待ってるぞな。行って来んさい」

言葉を交わし店を出る。

石段を登ると白土の境内が広がる。黒美山の中腹が黒井山等覚寺である。弘法大師と縁のある寺とのこと。周囲を鬱蒼とした森に囲まれた、森厳な境内の古寺の建物は荘重、自然と一体となった伝統の息衝《いきづ》きを感じる。何か寺の行事がある時以外は人影は少ない。

今日も純一は寺院の縁先に腰を掛けて、山の涼気を吸い生活に荒んだ心を癒していた。木々の間を伝わってくる鳥の囀りに耳を傾けながら瞑想に耽っていた。暖かい日には陽気に誘われて微睡《まどろ》む一時もある。

ふと眼を移すと、本堂の回り廊下の端に人影が現れこちらへ歩いてきた。細身の躰に墨染の衣、白い足袋、綺麗に剃り上げた頭に白い眉、向けられた目は柔らかく慈愛に満ちていた。静かに歩む総身からは修行を積んだ尊貴な雰囲気を感じさせた。

御住職では、と気付き立ち上がって頭を下げた。

「やあ、今日もお参りかな、よくお見掛けするようじゃが」

「はい」

縁に腰を掛け本を読んだり考え事をしている姿を見掛けるので声を掛けて下さったとのこと、お若いのに今どき奇特な人だなとかねがね思って居たとのことだった。

「お住まいはどちらかな」

「はい、この山を降りたところの鶴海沖です」

「そうですか、何か願いごととか悩み事でもおありなのかな」

「はい、私は朝鮮からの引揚げ者で、生れ育った地を追われて、初めて日本へ帰ってきましたが、なかなか馴染むことが出来ず、学業半ばで復学も出来ず、日夜悩んでおります」

和尚さんの優しく向けられた眼差しに、つい甘え縋る気持になり問われるままに話をした。

「そうですか、じゃあお上がり、彼方へ行きましょう」

と和尚さんが手招きされた。廊下を渡り庫裏の方へ誘われた。通されたのは四畳半の茶室であった。畏《かしこ》まって正座すると、

「ああ、楽になさい。お茶を一服進ぜましょうかな」

と言われて、慣れた点前でお茶を立てて下さった。初めてのことで純一も膝の前に置かれた茶碗を前に身を固くした。

「ご造作をお掛けします。結城純一と申します」

と遅れ馳せながら挨拶をする。

「まあ、そう堅くならずに召し上がれ、私は住職の津村道庵じゃ、さあさあ」

と手を振って促して下さった。勿論、茶の作法など身に付けていない純一だったが、両手で茶碗を押し頂くように包み、口に運んだ、濃い緑色の少し淀んだ感じの茶の味は、ちょっと苦味がある渋い舌ざわりだったが、躰の中を爽やかに流れ、すっきりとした清涼感に心が落着き、躰全体が解れていくようだった。和尚さんに親しみを覚えた。

「ご馳走さまでした。躰がすっと軽くなったようです」

と茶碗をそっとお返しする。

問われるままに、今までの経緯や体験、現在の心境など話し、どう生きていくべきかに日夜悩み、山野に足を運んでいることを縷々として述べた。

黙って頷きながら経緯を聞いていた和尚さんは、じっと暫く考えるようにして、少し間を置いて、

「大変苦労されたんじゃなあ、戦争は沢山の不仕合せな人々を作り出し、今も多くの方達が、

傷つき苦しみ悩む生活に虐げられているんじゃろうな、戦争は残酷非道なものじゃ」

と言われ、

「それでは結城さんのために少し仏教の話をして差し上げよう。楽な気持で聞きなさい。足を崩して」

と法談を始められた。

「お釈迦さまは『人生は苦なり』と説かれました。仏教では『苦』は自分の思い通りにならないことを指します。なんでも自分の思い通りにしたいという欲望が悩みの種なのです、また、お釈迦様は『過去を追うな、未来を願うな、過去は過ぎ去れり、未来は来たらず。あるは今日のみ』とも説かれています。現在の状況を見て、今なすべきことを努力してなさいということです。結城さんは自分は大変不幸だと思い悩んでいるようじゃが、世の中に同じように、いや、それ以上に不幸な人々が沢山おられる、自分だけではないのです。そしてそれらの人々は一生懸命生きる努力をしておられる。結城さんの場合は、今何をなすべきかを見付けて、それに向かって努力することではないか。今を大事にして生きることです。そして夢を持ち、積極的に実践していくように工夫し努力することです。すると夢は希望に変ります、希望は人に大きな力を与えてくれます。希望は夢から生れる、希望に燃えるなら、少しぐらいの事で挫折して希望を捨ててはいけない。今、結城さんは夢を持っている。その夢を実現するように、今の環境の中で出来得る事を見付け努力するべきです。そのためには実現のための工夫も大事、そしてやり遂げようとする決意を持続させる事が肝要です。人間は弱いもの、少し困難にぶつかると気力が失せ、決意が砕けるのが世の常です。そして最後に能力は有限、努力は無限という言葉があります、努力に優るものはありません、それは未来の人生を充実したものにするだろう」

という言葉で結ばれた。

時間を忘れての和尚さんのお話は、純一の現在の心の内を見透かし理解されての言葉だと涙が出るほど嬉しく感動した。そしてこれからの指針を与えられたようで有り難かった。

「ありがとうございます、和尚さんのお言葉を良く噛み締めて、自分なりに考えてみたいと思います」

と厚くお礼を言って庫裏を出た。境内には夕日が木々の影を長く延ばしていた。ゆっくりと境内を歩いた。

「夢を持て、今の環境の中でなすべき事を考えよ、そして努力せよ」

純一の琴線に触れる一言一言であった。あれこれ考えるだけでは前進は無い、前向きになってこそ何かが生れる、心の中に清冷な泉が湧き出て来るのを感じた。

小母さんの店に寄る。

「小母さん草餅を下さい」

「えろう長かったのう」

「うん、和尚さんと会っていろいろお話を聞いて来たんだ」

「あっそうかい、和尚さんも忙しい人じゃけん、良かったな、どうぞ」

と皿に二個の草餅を出してくれる。

「いい和尚さんだね」

「偉いお坊さんということじゃからなあ」

「夢を持って頑張りなさいといわれたよ」

「そりゃ良かったなあ、元気が出たかな」

「希望を持って頑張るよ。草餅おいしかった、また来るよ」

「待っとるぞなあ」

と言う小母さんの労いの声を後にして店を出た。

参道を出て、草原の中の道を歩む。勉強して東京の大学へ行こう。負けてたまるか。戦争中、軍人になるため鍛えられたあの頃を思えばなんと言うこともない。自分に甘えがあったのではと自問自答を繰り返した。何か憑物が落ちた感じで、心の中に鬱積した感情を清風が吹き流してくれ、清々しい気分になった。沈みゆく夕日が広がる薄の群落や雑木林を山吹色の光で染め始めていた。明日から自分の新しい出発の日とすることを誓った。

寺での和尚さんの言葉は純一の心に一筋の光となった。何かを見付けたいという前向きで積極的な行動に変っていった。休日にはバス、軽便鉄道を乗り継ぎ、二時間余りをかけ岡山の街へ出掛けることが多くなった。帰りは夕方遅く、日も暮れるという一日がかりの岡山行きだったが、若さからくる探究心を満たし、世の中の流れを肌で感じることが出来るという楽しみを得たのは大きかった。

岡山での一日の過ごし方は、まず目当てはデパートのある中央通りの商店街をぶらつくことだった。まだまだ戦災の跡は残っているが、復興の兆しはあちらこちらに見られ活気に満ちていた。

路上には、いろいろな生活のための品物、雑貨類を広げ大声で客を呼ぶ商人、特技や妙技を披露して投げ銭を貰う大道芸人、碁や将棋盤を囲んでの賭事に夢中の人の輪、そして頭上から、彗星の如く現れた天才少女歌手、美空ひばりの「悲しき口笛」「東京キッド」や「青い山脈」「長崎の鐘」「東京ブギウギ」などが音量を一杯にあげて流れ、まさに喧噪の街を醸し出している。その中を浮かれ歩くのも純一には楽しかった。

最初に書店に足を踏み入れ、哲学書を始め受験準備のための参考書類を探す。その他目についた本を買い込む。書棚にずらりと並べられた本特有の匂いも新鮮で心地良い。田舎では味わえない雰囲気に満ちていた。

次に食べること、甘味どころを探す、もちろん闇である。そこは良くしたもので、隠れた場所で商いをしている。日頃は全く食べることの出来ない「汁粉、餡餅」などは最高のご馳走だ。その他最大の娯楽は映画を観ることだった。戦争中とは全く違った筋書きの映画は、興味深く新しい時代を感じるものがあった。初めて見た映画「はたちの青春」は男と女の自由な恋愛、初めてのキスシーンには大きな衝撃を受けた。見ている方が顔の赤らむ思いだった。

感銘を受けたのは、原節子、藤田進主演の「わが青春に悔いなし」だ。戦争中という特殊な時代に生きる大学生の青春の群像を描いたもので、思想、生と死、女性との恋、友情など、純一が戦時下に受けた教育の思想とは全く違った次元、いや人間としては次元の高い考える世界があったのかと深い感動を覚えた。同時に新しい時代の中で、過去の忌まわしい呪縛から抜け出さなくては、と強い思想が芽生えてきた。

帰りの西大寺までの軽便鉄道に乗ると、男女学生のグループが仲良く楽しそうに談笑している姿に会った。男女学生の交わりなど戦時下では思いもよらない光景で、驚きと羨望の的だった。早く自分も学生生活に戻りたいという願いが強くなった。

教育制度が六、三、三制になったので、旧制中学修了の資格では、単位不足で大学入学受験資格を得る必要があった。純一はスクーリングを併用した高校の通信教育を受け資格を得た。スクーリングでは、借りた自転車で片道二時間の道を通った。厳しく辛い日程だったが熱意と若さで乗り切った。

このような日々を過ごす純一であったが、新しい地にも知人、友人が出来た。職にもついたし生活も落着いたので、この地で一家を構えたらどうだと親切に候補者を紹介してくれることもあったが、時期尚早と丁寧に断った。

村でも大学まで行く人は殆ど居なく、関西ならともかく東京へ行くなど、ちょっとした冒険のように思われていた。だが純一の決心は些かも揺るがなかった。

問題は英語だった。戦争中は敵性語禁止の方針が打ち出され、戦局がますます厳しく不利になるにつれ、英語追放運動は異常な事態を呈していた。米英系音楽の禁止から「ドレミファソラシド」は「ハニホヘトイロハ」と言い換えさせられた。野球の「ストライク」は「よし」、ボールは「だめ」、アウトは「ひけ」といった具合になった。煙草の横文字はすべて禁止、漢字の名称に替った。

師範学校へ入学した時、英語のテキストを見て、自分も中学生になったのだという自覚が生れ、ちょっぴり大人になり偉くなったんだと誇らしくなった。テキストを撫でまわしたのを覚えている。待ち遠しく楽しみにしていた英語の授業は、体育に替ったり、時間を削減されたりで、担当の先生も影の薄い存在で、授業も進まず停滞気味だった。そんな時代に育った純一には全く自信の無い科目だ。

これでは駄目だと考えあぐねていた時、村の新制中学校の校長をされている久富先生が、同じ朝鮮からの引揚げ者で、京城で学校の先生をされていて、英語専攻で非常に堪能の方と聞いて、思い切って先生のお宅を訪問した。

やはり先生も農家の離れの一軒、二間と玄関台所付きの家を借りての生活をされていた。奥様、お嬢さんとの三人の家族で、お嬢さんは近々神戸へ嫁がれるとのことだ。

大学受験などの事情を話し英語を教えて頂きたいとお願いをすると、同じ引揚げ者ということもあって快く引受けて下さった。週に一度、仕事が終ってから夜、個人教授をして頂くことになった。仕事が終り、人通りも外灯も無い真暗な海岸を、道の白さを頼りに一キロ半を歩いて通った。

純一の境遇にいたく同情され、月謝は幾度もお願いしたが納めて頂けなかった。

先生と向かい合って座り、テキストを卓袱台の上に広げての勉強が続いた。純一が読み訳し、再度先生が読み直し、発音、訳を矯正するなど、一時間半の授業は真剣で息衝く暇もなかった。熱心に教えて頂いた。

冬は火鉢に掛けられた鉄瓶がしゅんしゅんと湯気を立て部屋を暖め、傍では奥様が仕立物をしながら聞いていらっしゃった。

終ってお茶とお菓子を頂きながら、受験の心得や将来のこと、身近な生活の問題など四方山話は家族的雰囲気で純一は心が解れ楽しい一時を過ごさせて貰った。

先生が神戸へ転任されることになり別れは寂しく悲しかった。

「東京へ行く時は神戸に寄りなさい、楽しみに待っているよ」

との言葉を頂いてお別れした。二年間の師弟の交わりだった。

出合い

戦後五年余りの歳月が流れ、昭和二十六年を迎える。その前年六月に朝鮮戦争が勃発、戦争の特需景気によって日本経済は目覚ましい回復の途に向かっていた。戦争で味わった残酷で悲惨な運命にあった純一達が、他国の戦争のお蔭で経済の回復と生活が向上するという矛盾、皮肉な結果に複雑で割り切れないものがあった。

米以外の主食、木炭、調味料、綿製品など次々と価格統制が撤廃され、巷には味噌、醤油など生活必需品も少ないながらも出回るようになり、衣料品もそれなりに求め易くなりつつあった。

人の心も落着き、ゆとりを取り戻した生活は何かの娯楽を求める方向に向かっていた。ラジオの歌謡番組は人気があった。「白い花の咲く頃」「星かげの小径」「ダンスパーティーの夜」など人生の哀歓、夢や憧れを表現するロマン的雰囲気の流行歌がヒットしていた。それは戦時下の歌とは全く異質なもので、そのムードは純一たち若者の心をとらえ、異性という存在が大きなものになっていった。戦争中抑圧されていた男女の自由な交際は一挙に解放され、青春を謳歌する世相への百八十度の変転を感じた。

しかし、異性と話をすることが禁止され、一緒に居ることさえ出来なかった純一達の世代は、異性との対応の仕方、交際術など全く無知で、話しかける勇気もない純情さを持っていた。純一とて例外ではない。異性に対する憧れ、交際を願う気持は、虐げられていた反動から、心から願う情熱は強かった。もっとも今のような狭い限られた場所での生活では、そのような機会は絶無に近く、夢に過ぎなかった。

陸の孤島のような村の東の出口として、唯一の交通手段である船で片上という街に出る方法がある。

陸地からくさびを打ち込んだような片上湾があり、その一番奥に赤穂線の駅を持つ片上の街がある。温暖な気候と海山の幸に恵まれ、縄文人の集落が形成されていたといわれている。江戸時代は飯米の積出しで賑わった港でもある。

湾岸沿いは、耐火煉瓦工場が並ぶ臨海工業地帯で、何本もの高い煙突から煙が出て活況を呈している。その奥、旧街道沿いに商店が立並ぶ片上の街がある。端から端まで歩いても十数分で途切れる地方の小市と言った所だ。鄙びた静かな街でゆったり歩くのも純一には気晴らしになる。数軒の本屋を廻り、食事をして映画を見るのが純一のいつもの行動パターンだ。

船で一時間弱という便利さもあって、村の人は病院や高校に通ったり、生活必需品など求めて、よく利用する街である。顔見知りの人々ともよく出会うことが多かった。

四月半ばの休日、春の暖かい陽気に誘われて純一は、今日一日、片上で本屋を廻り散歩し、行き付けの蕎麦屋で食事をして、映画でも見て過ごそうと船着き場に行った。

八時発の客船は出航準備も終り乗客を待っていた。一日三往復、屋根付きの小屋を船の上に乗せた感じの客船で、ところどころにガラス入りの小窓が付いていて、外が見えるようになっている、重さ数トン、二十数人乗れる大きさである。

「こんにちは、お願いします」

「いらっしゃい」

顔見知りの船頭の健さんに挨拶をしながら、後ろの入り口を潜って這入る。もう十七、八人の先客が乗り込んでいた。

ふと見ると、純一の唯一の親しい友人で何時も達ちゃんと呼んでいる竹下達雄君と同じ棟の社宅に居る女性だった。達ちゃんの家にはよく遊びに行くので時々顔を合すことがあって、一寸頭を下げる挨拶程度で言葉を交わしたことはなかった。叔父の家へ時々遊びに来ている人だとは聞いていた。色白な細面に目の輝きの綺麗な女性だなあという程度の印象を受けていた。そんなこともあって「あっ、こんにちは」と声を掛けた。「こんにちは」と微笑を浮かべての声が返って来た。

「達ちゃんの家へ遊びによく行くので、お顔はよくお見掛けしていますが……」

「はい、結城さんとおっしゃるのですね、達雄さんからお名前はお聞きしています」

ちょっと驚きながら、

「ああそうですか、それはそれは、結城純一と申します」

「私、島崎理紗子です。どうぞよろしくお願いします」

と頭を下げた。日頃、遠くから見て好印象を持っていた純一はなんとなく心に明るく温かいものを感じた。

「こちらへはよくいらっしゃるのですか？」

「はい、私の実家は倉敷で、私ちょっと健康を害して居り、叔父にこの辺りは海も綺麗で空気も良く躰に良いと誘われて、時々遊びに来るのです」

「そうですか。この辺りは不便な所ですが海や山の景色はすばらしいですよ」

「そうですね。確かに心が和みます。ただお店も無く不便で、行く所も無くて退屈します」

「毎日、私達は仕事に行っているのでそうでもないですが、休みの日など私達若い者は時間を持て余しますよ、だから岡山や片上に遊びによく出て行くのです」

お互いに笑いながら会話が弾んだ。微笑を浮かべた眼差しは涼しく、色白な細面に鼻筋の通った顔は知性を感じさせた。頷きながら顔を伏せる時、睫毛の下に隠れた瞳に一瞬翳りの表情が現れるのが、ちょっと気になったが美しいと思った。純一は〈女性を前にしてこんなに雄弁になるとは〉と自分ながら内心驚いた。時間は瞬く間に過ぎていった。間もなく片上に着く。束の間の沈黙が流れた。

このまま別れるのは惜しい。どうしようか、と先ほどから、女性に声を掛け、誘ったりしたことのない純一の心には、逡巡が渦巻いていた。

「これから何処へ行かれるのですか？」

「この先の伊部《いんべ》まで行きます。父に頼まれて父の知り合いの備前焼の窯元まで行きます」

「そうですか、伊部は備前焼の産地だそうですね」

「ええ、昔から多くの陶工さんが作陶に励んでいらっしゃいますよ」

「私も一度行ってみたいなあ、用事が終れば直ぐお帰りになるのですか？」

「どうしようかと思っています。用事を済ませて、久しぶりなので街を散歩しようかなと思っています」

「私も本屋に寄った後、食事をして映画でも見ようと思っています。あのう、初めてなのにこんなことを言って失礼ですが、ご一緒にお昼などいかがですか、馴染の美味しい蕎麦屋があって、片上に来ると必ず寄る店なのです、良かったらいかがですか」

純一には清水の舞台から飛び下りる思いの言葉だ。

「ありがとうございます」と言って首を少し傾げ、ちょっと間を置いて恥じらいの表情を浮かべながら「それでは、お言葉に甘えてご一緒しましょうかしら」と純一を見る瞳が少し潤んでいるように感じた。

「じゃあ、十二時半に駅の待合室でお会いしましょう」

「わかりました」

「それじゃあ、また」

と別れた。純一は誘って良かったと心がぱっと明るくほのぼのとした気分になって足取りも軽く地に着かなかった。

本屋など廻って三、四冊の本の包みを抱え十二時半少し前に駅に行くと、構内のベンチに腰を掛けて彼女は待っていた。

「お待ちどうさま、窯元の方はどうでしたか？」

「ええ、先生も居らして用を果たせました」

「それは良かった。今度私も行ってみたいですね」

「ご案内しますよ、何時でもどうぞ」

「ありがとうございます、機会があったら是非お願いします。それでは行きましょうか」

二人は街に出る。

「今行く蕎麦屋は、日本蕎麦の他に珍しい中華そばをやっていまして、工場の若い連中は珍しくて美味しいので、片上に来ると必ず寄る店なのです」

「ああ、そうですか。そんなお店が……」

食糧事情も大分良くなり統制もとれ、食べ物の出店も出始めていた。蕎麦もやっと自由販売になっていたが、まだまだ店も少なく販売量も限られていた。

話をしながら駅前通りから横丁へ這入り、一軒の小さな日本蕎麦の店に着いた。暖簾を掻き分けながら店内を覗く。昼時を過ぎたせいか客は誰も居なかった。「こんにちはー」と声を掛けると、厨房の仕切り暖簾を両手で開きながら、小柄の躰を割烹着に包んだ丸顔の小母さんが、「お出でんせい！」と張りのある明るく元気な声で顔を出した。「おや、結城さん、久しぶりやなあ、元気にしとったかな」

「ああ、お蔭さんで、小母さんも元気そうで……。今日は新しいお客さんを連れて来たから、こちら島崎さんという人」

「あーら、よう来なすったなあ、お出でんせい」

と彼女にも明るく笑顔で声を掛けてくれた。彼女も小母さんの笑顔につられて、

「こんにちは島崎です、どうぞよろしくお願いします」

微笑を返した。

「さあさあ、どうぞお掛けんさい」調理場に向かって「お父ちゃん、結城さんが来たよ、美人と一緒だあ」半分冷やかし気味に笑いながら奥へ声を掛ける。調理場の格子に付いた覗き窓から、赤銅色の精悍な顔をした小父さんがこちらを向いて、

「やあいらっしゃい」

「商売はどうですか？」

「お蔭さんでまあまあや、ああ一昨日、高木さんが友達と一緒に来んさったよ」

「ああそうですか、皆、小父さんとこの中華そばは美味しいと評判で、片上に来るのを楽しみにしていますよ」

「そうかい、ありがていことじゃなあ」

「魚釣りの方はどうですか？」

「ああこの間大きいのを釣り上げたんじゃ、魚拓を作ったから後で見てくんせい」

「じゃあ、見せて」

「自慢じゃからな」

と小母さんが苦笑いをする。

「それじゃあ、中華そばを二つ下さい」

「あっ、申し訳ない。すっかり売り切れてしまって一杯しかねえんじゃ」

と困ったような顔をした。

「えっ、残念。楽しみにして来たのに、じゃあ、仕方がない、私は日本蕎麦でいいよ」

すると小父さんがちょっと考えて、

「じゃあ、一杯を二人で食べてつかあさい。分けて二杯にするから、足りない分は別の物を作ってあげるけん」

その言葉に驚いて彼女と顔を見合せる。

「おまかせします」と顔を少し赤らめながら、くすくす笑い小さな声で言った。

「じゃあ、小父さんそうして、あとは少な目で日本蕎麦二つ作って」

小母さんが笑いながら、

「二人で仲良く食べられい」

と分けて二杯分にした中華そばと日本蕎麦二杯を、膳に載せて運んで来た。

「折角来んしゃったのに悪かったなあ、麺を作る所も材料がなかなか手に入いらんらしい、注文通り持って来てくれんのじゃが」

「そう。この間までは、街で自由に蕎麦など食べられなかったし、中華そばなど無かったもの」

と言いながら彼女と顔を見合せ箸を運んだ。純一には特別に美味しく感じられた。

小父さんの魚拓を見せて貰い、暫く雑談をして「また来てやあ」と小母さんの声に送られて礼を言って外へ出た。

「親切で面白い人たちですわね」

「二人とも気さくで人柄も良いので、皆慕って片上に来ると必ず食べに寄るようです」

歩きながらの会話も楽しく、純一は何か急に二人の間が縮まって親近感が芽生えた感じがした。

「帰りは夕方の船ですから、時間もあるので映画でも見ましょうか」

なんのためらいもなく自然に出た言葉に自分でも驚いた。

「ええ、見ましょう」

彼女の顔も明るく輝いていた。

帰りの船の中でも話は続いたが、来る時とは違って、気を許し合ったゆとりのある二人の会話になった。彼女も親しみを感じたのか少しずつ自分のことを話してくれた。

「こちらへは、私の病気を気遣って、健康のためには良いのでは、と叔父に勧められ来るようになりました。天気の良い日は海辺や山を一人で散歩しています」

とそんな話をしてくれた。

「ああ、そうですか、少し離れると海岸や山など空気が綺麗で、山へ登って見下ろすと、大小の島々の緑が海に映えて美しい景色ですよ。私も山野を歩くのが好きです、ご案内しましょうか」

「そうですか、それでは是非お願いします」

と期待を込めた感じで軽く頭を下げた。

「じゃあ、今度の休みは如何ですか、その頃まだこちらにいらっしゃいますか？」

「大丈夫です」

「それでは一週間後にしましょう。工場の上の道を奥の方へ一キロぐらい行くと坂田という村があります」

「ああ、その辺までは一人でよく行っていますからわかります」

「そうですか、それは良かった。民家の前を通り海岸の道を少し行くと地蔵堂がありますから、その前で午後一時に待ち合せしましょう」

「はい、楽しみにしています」

と明るく好意的な微笑が返ってきた。

船から降り二人は別々に家路に着いた。噂は一瀉千里《いつしやせんり》の狭い集落であるから、配慮しなければならないと純一は気を遣った。

学生時代は卓球の選手であったとのことで、理紗子は背筋を真直ぐに伸ばした均整のとれた肢体の立ち姿も美しく、少し内股気味でバランス良く運ぶ歩き方も奥ゆかしく上品だった。呼び掛けて振向く時は、上半身全体で顔を向けて笑顔で返事をする。人の話を聞く時は顔を相手にしっかり向け、上体を少し前に傾ける姿勢が控え目で素直さを感じさせた。一番驚いたのは、食事をとる前の割箸を割る所作だった。割る方を自分に向けて開く、ちょうど扇子を広げる場合の逆の形になる動作は、淑やかで気品をも感じさせ、相手に好感を与える。彼女の醸し出す雰囲気から良家の子女を連想させられ、どんな家庭で育った人なのかと興味を覚えた。

彼女との出会いは純一に強烈な印象を与え、何時までも心に焼き付き離れなかった。それは、単なる異性に対する興味や憧れからくるものだけでなく、彼女に備わった気品、知性、教養への憧憬と尊敬の念の大きさからくるものだった。

春光

一週間後の日曜日。青空が広がり、風も無く、晩春の陽は暖かく山野に広がり、清々しい天気だ。病の彼女には良い日ではないかと感謝しながら、軽い足取りで純一は会える喜びを感じながら、待ち合せの場所へ急いだ。もう彼女は地蔵堂の側に待っていた。

「やあ、お待ちどうさま、待ちましたか？」

「いいえ、私もちょっと前に来たばかりです」

と微笑んだ。

「すばらしい天気で良かったですね」

「ほんとうに、私、お天気になることを祈っていましたの、楽しみにしていました」

彼女の心根のやさしさに触れた心地がした。

今日の彼女は病でやつれたという感じはなく、グレーのジャージに紺色のセーターを羽織った地味な服装だが、清楚な感じで理知的な眼差しは優しさを秘めていて美しかった。

「ここは貝塚が発見され、昔の生活道具や用具が発見された所だそうです」

「昔、人が住んでいたんですか」

二人は連れ立って海岸に沿った道をまわる、雑木林を掻き分けるように山への登り口が開けている。

「さあ登りましょう」

二人が並んで歩ける程度の山道である。

「この道は外海の虫明に通じる道で、昔は陶器などの荷物を運んで虫明港から積出していたそうですよ。ふた山ぐらい越えるのかなあ、私も二、三回用足しに行きましたが、人も殆ど通らず自然の中で気持は良いですけど一寸寂しく怖かったです」

「そうでしょう、一人では」

感心したように彼女は言った。雑木林を抜け斜面を削って作ったような山道が開ける。左手の斜面には雑木林や草叢が群をなし道に覆い被さっている。右下の木々の間から小さな渓谷が見え隠れしている。

「島崎さん、ほら谷川ですよ。あれが下って坂田の村へと落ちて海へ流れ込んでいるんですよ」

「わあー、綺麗。この辺りまで来ると山の香りと爽やかさを感じ、気持がいいわ」と立ち止まって感慨深く見下ろした。

「さあ、もう少し行きましょう」

曲がりくねった凹凸のある坂道を登る。

「あ、山吹だわ」

と彼女が突然声を出した。見ると右手の草叢の中に緑色の枝に黄金色の小さな花を付けた一群の山吹が咲いている、花の色がなかなかあざやかな色彩だ。眺めながら通り過ぎて行くと彼女が、

「一寸待ってて下さい」

と言って戻って行った。暫くして戻って来た。

「どうしたのですか？」

と聞くと、

「ひ、み、つ」

とはにかみながら徒っぽい顔をして笑った。

さらに上へ、渓流が次第に姿を現して水の流れの音が耳に伝わってくる。

「あ、藤の花だわ綺麗！」

と彼女は声をあげ見惚れる。見ると若葉の萌え始めた雑木林のやや薄暗いところに、一本の雑木に巻きついてよじ上った藤が薄紫の花の房を垂れさげ、ひっそりと咲いていた。孤立して咲く花も何か新鮮な趣がある。

「島崎さんは花が好きなんですか？」

「ええ私、いま近所の花屋さんにアルバイトに行っているんですよ」

「そうですか。道理で、花が好きなんだ」

と納得顔になった。

「そこから谷へ下りましょう」

と勝手知った脇道に誘う。

「危ないから気を付けて」

何時もの自分の秘密の場所を指差し、

「ここが私が何時も来る場所です。さあ座って下さい」

春の陽に岩の上は適度に暖められていた。彼女は物珍しそうに周りを見て、

「ここが結城さん一人の憩いの場所ですか、ロマンチック」

と笑いを浮かべた。

「ほら下を見てご覧なさい」

岩に腰を下し目を移す、谷川の流れは、重なり合う岩々を縫って曲折し、新緑の樹々の間を見え隠れしながら下り山裾で見えなくなる。その先に濃い紺色の海が広がり大小の島々が点在し、その間を行き交う漁舟が小さく見え隠れする。海面には魚介類を養殖する筏が碁盤の目のように整然と並んで浮かんでいる。海の彼方から広がる青い空には薄く柔らかい白い雲がゆっ

くりと流れている。大自然の美しく長閑な風景である。

「わあー、すばらしい。綺麗！」

何度も自分を納得させるような感嘆の声を放った。

「本当に心が自然に和み、明るくなります」

「さあ深呼吸をしましょう。躰にも良いでしょうから」

二人は立ち上がって胸の奥まで澄んだ空気を吸い込んで、互いに顔を見合せ笑みを交した。

彼女は気分も落ち着き純一の人柄に安心したのか、過去をしみじみと述懐し、聞かせてくれた。

彼女は神戸の女子大を出て倉敷の実家に帰り、社会に出ることもなく父の友人の紹介で見合い、結婚と順調に事が運んだ。しかし半年後、体調を崩し肺浸潤と診断された。比較的に軽症と言われたが、死亡率一位で不治の病と恐れられていた肺結核に繋がる病として、忌み嫌われていた肺浸潤だ。嫁ぎ先の親は病気を隠していたと立腹、トラブルになり、実家に帰される身となった。彼女は全く自分の病に気付かなかったし悪気など毛頭なかった。正に青天の霹靂で、思いがけない診断に動顛してしまった。まだ離縁まではなっていないが、何れその方向に行くだろう。先方は会社の役員の子息で大手商社に勤めるエリート、彼は彼女を気に入っているようだが、所詮正式な離婚となるだろう。

父も親友の上役ということで、収めるのに苦慮し奔走してくれている。父も母も彼女には、彼女の心情を察して繰り言ひとつ言わない。それがかえって申し訳ないという気持で、辛い日々になっている。終戦後の食糧事情の悪い都会での一人暮らしが躰を蝕んだ原因かも知れません、今は傷心の身をどう処理して良いか悶々と悩む毎日を過ごしています、と、純一を信頼したのだろうか、隠すことなく、なんの衒いもなく話した。自分自身を責め、現在の自分を考える思慮深さには高い教養と奥床しさを感じた。

病気、離婚という事実は若い女性にとって生涯の痛恨事で、精神的ダメージは大きいのではないかと純一は同情するとともに、彼女もまた隠れた戦争の犠牲者ではないかと思った。彼女の述懐になんと言って慰めてよいのか言葉が見付からなかった。あの、時折見せる黒い瞳の翳りには、そういう事情があったのかと理解できた。純一はなんとかして彼女の精神的な苦悩を癒やし、元気にしてあげたいという思いが強くなった。

病気については、妹の静香が肋膜、肺浸潤の途をたどり苦しんだこともあって理解できた。最近は医学も戦時下より進歩したし高額な特効薬と言われたストレプトマイシンも一般の人の手の届く薬となりつつあるので、養生して頑張りましょうと力付けた。彼女も心に溜まっていた苦しみ悩みを隠さずに語ることによって、心が軽くなったようで、にっこりと頷く瞳は明るさを取り戻していた。

結城さんのことも知りたいという彼女の願いに、純一も過去のこと、現在のことを語った。朝鮮で生れ育ち、軍人を目指し単身日本へ、終戦後、九州で放浪生活をし、朝鮮人の引揚げ船に潜り込んで帰鮮、そして母と妹と三人で再び日本へ帰国、今は家族と別れ、会社の独身寮での生活で、東京の大学を目指して勉強していることを話し、よくここまで生きてきたと思いますと結んだ。

じっと聞いて彼女が、

「結城さんも大変苦労されたのですね」

と感慨深く言った。

お互いに心境を打ち明けることによって親近感はより深まり、立場や環境は違っても、心の苦悩という点では共通のものがあり、傷を負った二人、共に助け慰め合って頑張って行きましょうと手を取り合った。お互いの手の温もりをとおして心を通わすことが出来た。

何時の間にか陽は西に傾き、木々の間を吹き抜けてくる風はひんやりとしてきた。

「本当に今日は、島崎さんと話し合って楽しく、新しい勇気が湧いてきました」

「本当に、私も暗い日々でしたが、結城さんにお話を聞いて頂き、何だか心が明るくなりました。これからは希望を持って頑張って行こうと思います」

と自分を鼓舞するように明るく弾んだ声が、沈んだ空気を震わせ、純一の心をも明るくして一緒に来て良かったとしみじみ思った。そしてこんな機会を作ってくれた運命の神に感謝した。

「さあ、島崎さん躰に障りますから帰りましょう」

「本当にこんな良い所に連れて来て頂いてありがとうございました」

「私も良い日になりました、機会を作ってこれからもお会いしましょう」

「是非、私からもお願いいたします」

と頭を下げた。彼女の後れ毛が春の夕暮れの風に揺れ、顔には穏やかな笑みが浮かんだ。

数日後、倉敷の実家に帰った彼女から、ずっしりと重い小包と手紙が送られて来た。薄いベージュ色の花をあしらった便せんに、柔かく美しい筆使いの、彼女らしい丁寧な心の行き届いた文面での礼状であった。そして包みの中には国語や英語の辞書、参考書類が入っていた。

「私の使ったものですが良かったら使って下さい。大学進学希望とのこと是非目的を遂げられるようお祈りします。あの山や海の大自然の中で結城さんから慰めや労わり、そして励ましの言葉を頂いて、涙が出るほど嬉しく思いました。これからは自分自身を大事にし、この悲運を乗り切るよう頑張りたいと思います」

彼女の優しい性格が読みとれ胸にじんと迫るものを感じた。そして案内したことにより、少しは彼女の傷ついた心を癒やすことが出来たのかなと嬉しく思うとともに、彼女を愛しいと思う感情が身を包み、これからも機会を作って会いたいと思いながら手紙の文面を見詰めた。

たびたび会える環境の二人でなかったので、その後は文通が主役になった。お互いの心情を赤裸々に隠さず出し合って、心の内を打ち明けるようになって、より親近感が高まり、お互いを求め合う思慕の情が日増しに深く濃くなっていった。

ある時、手紙の中に綺麗に表装された山吹の押し花が一枚入っていた。これは純一さんと初めて山へ行った時の記念です、と書いてあった。ああ、あの時「ちょっと待ってて下さい」と言って少し戻って引き返して来たので「どうしたんですか」と聞くと悪戯っ児のような含み笑いをして「ひ、み、つ」と答えたのを思い出した。それ程までにあの日のことを心に留めていたのかと思うと、彼女の一途の思いが胸にじんと響いた。

そして何時の頃からか「純一さん」「理紗子さん」と呼び合うようになっていた。

夏日

昭和二十六年の衝撃的ニュースは、四月にマッカーサー連合軍最高司令官が罷免されたことだ。敵として戦った相手ではあるが、日本における占領下統治政策などで日本人に好印象を与えていたので、惜しむ声も多かった。

米国議会の演説「老兵は死なずただ消え去るのみ」と揚言し、「この老兵のように私は軍人としての境涯を閉じて姿を消そう。さようなら」の言葉は日本にも伝えられ、一種の流行語になった。

四月には横浜の桜木町駅で国電火災で、死者百六人という痛ましい事故が発生した。

文学では昨年、日本戦没学生の手記『きけわだつみの声』がベストセラーとなって、大きな話題を提供した。

元山より母堂へ最後の手紙

お母さん、とうとう悲しい便りを出さねばならないときがきました。

親思う心にまさる親心今日のおとずれ何ときくらん、この歌がしみじみ思われます。

ほんとに私は幸福だったです。我ままばかりとおしましたね。

けれどもあれは甘え心だと思って許して下さいね。

晴れて特攻隊と選ばれて出陣するのは嬉しいですが、お母さんのことを思うと泣けて来ます。

母チャンが私をたのみと必死でそだててくれたことを思うと、何も喜ばせることが出来ずに、安心させることもできずに死んでゆくのがつらいです。

私は至らぬものですが、私も母チャンに諦めてくれ、ということは、立派に死んだと喜んで下さいということはできません。けど余りこんなことはいいますまい。

母チャンは私の気持をよくしっておられるのですから。（略）

お母さんが悲しまれると私も悲しくなります。みんなと一緒にたのしくくらして下さい。

（原文のまま後文略）

林　市造　京大　二十三歳
（昭和二十年特攻隊員として戦死）

掲載されている遺書の一文である。

田舎の母親への手紙であろうか。優しく読み易い、かな文字で、幼児が母親に甘える仕草を彷彿させる遺書だ。同時に、文脈の乱れに死地に臨む心境が読みとれ、目頭が熱くなった。多くの若者が死んでいった戦争の歴史を、後世の時代の人達にも読み継がれて欲しいものだと思う。

今年も夏がやって来た。純一の心の古傷が疼き痛み出す季節である。八月十五日の終戦、灼熱の太陽が万物を燃やす時、純一の記憶にも熱が加わり心の傷が痛みを起こす。年毎に傷は消えるどころかより深く大きくなる。故郷とも思う彼の地への思慕の情が募る。故郷を失った悲しみは、一生続き、消え去ることはないだろう。夏は郷愁が濃く深くなる。

彼女から久しぶりにそちらに行きますとの連絡があった。親友の達ちゃんには彼女とのことを打ち明けた方が良いと思い一部始終を話した。達ちゃんは一寸驚いて考えていたが、

「結婚し、未だ正式離婚をしていない身。彼女は実家で病気療養中だし、年齢も二十三歳と年上、交際が他に洩れると厄介なことになるのでは」

と心配してくれた。友達としての付合いならともかく……。二人の立場や心情を察してくれ、彼女との連絡役を引き受けてくれた。

今年は特別に暑い日が続くようだ。こんな暑いなかをと、彼女の躰のことが気にかかったが、元気に違いないという思いが先に立って、会える喜びが大きかった。

八月の初旬、灼熱の太陽が地面を焼く昼下り、白いパラソルに身を隠すようにして寮を尋ねて来た。癖のない髪を撫で付け後ろで束ね、ピンクのリボンで結び、背中に垂らした涼しげなすっきりとした髪型だ。少し日焼けし小麦色でふっくらとした頰は健康そうなので安心した。白を基調としたブラウスとスカートは爽やかな感じを与えた。

「やあ、いらっしゃい」

「こんにちは、お邪魔します」

「良く来てくれました。どうぞ」

「純一さん、お元気ですか？」

「私は大丈夫、理紗子さんこそどうですか？」

「お蔭さまでこの頃は食欲もあり体調もいいです」

「それは良かった。暑い日が続くので心配していました」

「ありがとうございます」

思っていた以上に明るく和やかな表情に純一は安心した。

部屋の中を見回しながら、

「男の人の独り暮らしの部屋って、何の飾りもなく、想像以上に殺風景ですわね」

「えっ？」

突然の言葉に驚く。

「それが男の人の男らしい良いところなんでしょうが……」

含みのある機知に富んだ言葉に彼女の茶目っけのある一面を見て、

「何です、それは褒めているんですか貶しているんですか？」

久しぶりに二人は顔を見合せ笑い合った。

「花瓶ありますか？」

「あっと、そうそう友人に貰った備前焼の花瓶があったはずだが」

と押入れの中から取り出すと、彼女は手に下げた包みを開いた。淡紅と白の大輪の百合だった。香りが部屋の中に漂った。

「やあ、綺麗だ！」

思わず純一は感嘆の声をあげた。

「お水は階下ですか」

と言いながら花瓶と花を持って下りて行った。

机の上に飾られた花で、殺風景な部屋の中がパッと明るくなり、雰囲気が変ってしまった。

「今日は二つの美しい花が咲いていたので部屋がびっくりしていますよ」

「まあ、お上手……」

またまた顔を合せ笑い合う二人は、久々の逢瀬に幸せと喜びを感じるのだった。

「理紗子さんは、花がよっぽど好きなのですね」

「ええ、この間お話しましたけれど、同じ町内の『花富』というお店にずっとアルバイトに行っています。働くことは健康に良いし、気分転換にもなり、沢山の花に囲まれていると、心が安まり和やかな気分にもなります。また、花の特徴や花言葉など覚えるのも興味が湧き楽しいものです。枯れかかったお花に手を加え、再び元気に生き返る姿を見ると本当に嬉しくなります」

　と瞳を輝かせながら話す姿に、純一は心根の優しく美しい人だなとあらためて彼女の横顔を見た。

「今日は海に行きましょう。友人からボートを借りましたから」

「えっ、海ですか？」

「良い所へ案内しましょう」

「本当ですか、嬉しい、ところで純一さんボートを漕げるのですか？」

「私は海軍の軍人さんですよ」

「ああそうでしたね。これはこれは失礼申し上げました」

　戯《おど》けて笑いながら深々と頭を下げた。その仕草も茶目っけたっぷりで、純一は可愛いと思った。

「それでは何時もの坂田のお地蔵さんの前の道を海岸沿いに奥の方へ行って下さい。少し行くと砂浜が広がっています、そこの石垣の所で待ってて下さい」

「わかりました。では先に行っています」

「わあー嬉しいわ」

　彼女の顔に明るい笑顔が広がり、わずかに口元から白い歯がこぼれた。

　お互いに会う機会の少ない二人だが、度重なる文の遣り取りで心が通いあっており、何時も会っているような錯覚にとらわれ、全く空白を感じさせない打ち解けた会話になっていた。

「じゃあ、気を付けて」

「はい、待っています」

別々に表へ出た。強い陽差しが眩しかった。

純一は彼女と別れ、船着き場に急ぎ、杭に繋いでいたボートを沖に向かって漕ぎ出した、二人で一緒に乗ることは目立ち過ぎて避けなければならないので、坂田の海岸までは別行動にしたのだ。工場の建ち並ぶ右手の海岸から少し離れた沖合を目立たないように回りながら坂田の湾への海路を取った。夏の海は静かで風もなくおだやかで、小波が夏の光にキラキラと反射し輝いている。二十分ばかり漕ぎ山裾の岬を回ると視野が開け、目を向けると、海岸沿いの小道、砂留めの擁壁の上にパラソルを広げ腰を下し裸足でブラブラさせ、純一を待つ彼女の姿が目に入った。その瞬間、純一の心に、えも言われぬ感情が込み上げてきた。これが思慕の情、彼女に対する愛なのだろうか、高く手を挙げると立ち上がって彼女も手を振った。砂浜に少し乗り上げボートを止める。

「お待ちどうさま」

「川の水が海に流れ出る岩や小石の間に、小さな赤い蟹が沢山出たり入ったりしていて、それを摑まえたりしていました。面白かったですよ」

と少女のように燥《はしや》ぐ姿に思わず頬が緩んだ。何時も通っている純一にはさほど珍しいことでは無かったが、初めての経験で珍しく面白いらしい。

「ほう、それは良かった。麗人、蟹と戯るですな」

「まあー」

理紗子の頬も緩んだ。

「さあ乗って下さい、あの島に行きましょう」

「あれは住吉島と言って、由緒ある住吉神社があるんです。ここからは百二、三十メートルぐらいかなあー、私達は泳いでよく行くのですよ」

「そうですか、普段は誰も行かないのですか」

「そうです、秋祭りがある時には、村の人達が掃除などをしているようです、無人の島ですよ」

「住吉島の周囲は二百五十メートルで、中央に住吉神社を祀ってあります。参道はこちらの海岸の方、南ですね。北側は十メートルの絶壁です。景観は昔ながらで、神社と参道以外は全く人の手を加えていない自然林で、島全体が樹林に覆われていて、昼でも暗く、ちょっと幽玄さを含んでいると言うのかな、夏でも一人では、その霊気に鳥肌が立つ思いで、恐い感じがして、上ったことはありません」

「何だか恐い感じ……、大丈夫かしら」

と身を竦《すく》めた。

都合良く引き潮で島の前に砂礫が海面から表れていた。じゃりじゃりと砂礫を踏みしめながら乗り上げてボートを止める。

「潮が満ちているとこの石灯籠も半分水に漬かって、島に上がるのに苦労するのですよ」

「今日はラッキーだ。さあ」

と手を差し伸べて用心しながら彼女をボートから下す。

鬱蒼とした森の中へ入ったような感じで、濃緑の陰になった薄暗い石段を踏む。びっしりと苔に埋った石段からも冷気が漂う。身が引き締り、暑さなど全く感じない。

「暗い木陰から何か出て来そうで恐い感じ」

と言って、そっと身を寄せてくる。純一は軽く彼女の肩に手を添える。

「そう、その辺から出てくるかもね」

「わあー、厭だあ、意地悪！」

と腕に縋りつく。

「大丈夫、大丈夫、ここは神聖な場所ですから、神さまが良く来たと見守ってくれますよ」

少し気分を落着かせ礼拝をする。二人の打つ柏手の音が木々の中に吸い込まれて行く。海と空、そして孤島、大自然の中での二人だけの誰にも邪魔されない世界。桃源郷だ。こんな別天地を与えられた二人は、幸せな心に満たされて、岸辺に近い石段に並んで腰を下した。

「すばらしいわ、こんな冴え冴えとした清らかな気持になったのは初めてです」

としんみりと呟き、感情を込めた瞼で、満ちてくる海の面をじっと見詰めていた。

純一は二人の不思議な運命の出会いをありがたく思い、そして彼女の心にも一服の清涼剤になったことを喜び嬉しく思った。

遅い夏の夕暮れも強い光を収め万物の影を伸ばし始めていた。ゆっくりとボートを漕いだ。彼女は手を海面に浸けながら、泡立つ波に別れを惜しんでいるようだった。そんな姿を見て純一は、彼女が一日も早く健康になって欲しい、そして何時までも見守ってやりたい、と彼女に対する愛しさの情が一段と高まる夏の一日だった。

熱　情

暦の上では晩秋というのか、感覚的には初秋。秋の気がもののあわれを感じさせる十月初旬、純一と理紗子は何時もの坂田集落の外れ、地蔵堂の前で会った。爽やかな青空が広がっている。

農家の庭にはコスモスの一群が、人の背丈ほど伸びた茎に、紅、白、ピンクの花を付け咲き誇っている。山裾側には赤茶色へと色づき始めた一本の柿の木が、枝もたわわに実を付け秋の空に彩《いろど》りを添えている。

「理紗子さん、ご覧なさい。コスモスが綺麗ですよ」

「本当、野に咲くコスモスって趣があって、すばらしいわ、街では見られない風景です」

「そうですね、爽快で新鮮な秋の気を吸いながら、山野を歩む麗人の姿もまた秋の気に映えて美しいですよ」

「えっ、まあ、純一さん！」

と彼女は軽く純一を睨み笑いを浮かべながらはにかむ。

今日は山歩きということで、グレーのスラックスを穿き、白地のブラウスに柔かな感じのブルーのカーディガンを羽織っている。ほんのりと薄化粧をした細面は知性的だ。

空気が乾燥して、陽の照りも強いので、日傘を持ってくるようにと、純一が伝えてあったので、彼女は日傘と手提げバックを持参していた。

「そのバック、私が持ちましょう」

と受け取り山道を登る。秋の風や光に身を包まれ歩く、生気を取り戻し元気が出る。

道端の熊笹や薄に覆われた雑草群の中に、小さな粒を付けた野葡萄や白、黄、淡紫の可憐な花を付けた野菊などが目に映える。暫く登ると紅葉した木々があちらこちらに秋の季を告げている。「ああ、すばらしい。綺麗だわ」と何度も何度も言いながら、可憐な少女のように燥ぎ喜び、山の気にすっかり溶け込む彼女の姿に、純一は一層の親しみと愛情を抱いた。

「理紗子さんがこんなに楽しそうなので、私も嬉しいですよ」

「こんなに山がすばらしいと感じたのは初めてです、そして純一さんと一緒だから……」

「お世辞ですか」

「あら、違いますよ、本当のことです」

とちょっと語尾に力を入れて、口を尖らす所作をする。

「ごめん、ごめん、ありがたくお受けします」

と二人の笑い声が山の中に明るく響く。

「ほら、紅葉ですよ」

「わぁ、美しい」

まだ紅や黄の色合いの薄い紅葉の木々が散在している。立ち止まってじっと見上げる。燃えるように濃く熟成した深山の紅葉も美しいけれど、緑の葉が紅葉に変りつつある物の、移りゆく姿も風情があって心が惹かれる。風がそよぎ枝葉が舞った。

「自然の中を一人静かに歩むことは自分自身を見つめ、考え、見直し何か心に触れるものを見付けることが出来る、禅堂のような気がします。そして自然の移り行く姿は人の運命と同じような気がします」

「わかります」

と彼女は頷いて紅葉の木を見入った。

「さあ、今日は少しきついかも知れませんが、何処からこの水が流れてくるのか、水源探索をしましょう」

「まあ、面白いわ、興味が湧いてきました」

「足は大丈夫かな」

「大丈夫、大丈夫ですよ、心配しないで下さい」

「何時もの岩場で一休みしましょう」

岩を伝いながら下りる。

二人を待っていた岩は、表面を秋の陽が暖めてくれていた。彼女が「これを」とバックの中からタオル地の敷物を広げた。

「あっ、用意がいい」

「気が利くでしょ」

「これはありがたい、冷えないようにとの気配りですね」

二人座って、持参のお茶を飲み、実家で揃えたというビスケットや果物を広げ食べる。

「ピクニックですな」

とにっこりと顔を合せる。

眼下に見下ろす海や島、そして空も、心なしか夏の強く深く濃い彩りから、薄く柔かな色彩に変っている。彼方の薄く青い空には巻雲が舞って移り消えて行く。秋を感じさせる風景だ。

純一は二人こうしてここに座っていることの不思議さをつくづく思った。片上での出会い。店の主人の機転で中華そばを分け合って食べたことが、二人をぐっと近づけ親しみを増し、お互いを意識するようになった。ほんの些細なことから人の運命は変転するものだと、この頃、一人でよく考える。

「さあ一休みしたから行きましょうか」

「はい」

「荷物はここへ置いて行きましょう、誰も来ないから大丈夫でしょう」

「そうですね」

岩場の見えないところにバック、パラソルを置く、足元に気を付けながら一歩一歩岩場を伝い上を目指す。「気を付けて」手を差し伸べて少し平らな岩へ誘う、その手を握りながら彼女がヒョイと岩の上に飛び乗った。ゆらりと躰が傾く。

「あっ、大丈夫？」

と片方の手で彼女の躰を庇うように広げる。飛び乗った瞬間「あっ」と彼女がよろめく「危ない！」広げた手が抱くような形になって思わず躰を抱き込み二つの躰はぶつかり合った。握った彼女の手は熱く汗ばんでいる。その手を握り締めたまま背にまわししっかり腕の中に抱き締める、彼女の温かい体温が全身に伝わって胸の鼓動が高まる。一瞬驚いてちょっと身を引く形になる。

「あっ、いや、もっと」

呻くように声にならない声を出ししがみつく、一瞬時間が止まった。そのままの形で見つめ合う、二人の視線が絡む、日頃の慎みを忘れ思わず口走った言葉に顔からうなじに恥じらいの朱が広がる。潤んだ黒い瞳が光る。お互いの熱い血が全身を突き抜ける。

「理紗子さん！」

「純一さん！」

「好きだー」

「私……」

応えるように僅かに彼女の口から洩れると、両の腕にぐっと力が加わった。華奢な躰が熱く燃え、微かに震えている。彼女の上気した端正な面《おもて》、喘ぎ僅かに開かれた口唇に口唇を重ねた。二度、三度ためらいながら求め合う、恋情が堰を切った奔流となって全身を駆け巡った。

許されない日陰の交わり、そして病の身、お互いの立場から自制していた堰は切れ、

「好き！　嬉しい！　純一さん！」

「理紗さん！」

黒髪を結んだリボンが解けて落ちた。うわごとが続き呼び合う、確かめ合うように、誰にも憚らず、お互いがお互いを求め合う抱擁は谷川の流れのように果てることが無かった。二人だけの世界だ。

どれぐらいの時間が経ったのだろう。ふと乱れた彼女の髪を風が撫で、頬に触れた時、小鳥の鳴く声に二人は我に返った。谷川のせせらぎが耳についた。

二人は見詰め合いながら手を取り合って、岩の上に腰を下す。黙って谷川の水を見守る、流れゆく水はもう戻って来ない。海へと広がって行く。人生も同じではないだろうか。お互いに求め確かめ合った愛の流れはもう止めることは出来ない。進むしかない。


「理紗子さん、考えたのだけれど、二人は離れた身でなかなか会えないので、これからはお月さまにお願いして、私達、何時も会えるようにしようと思います」

「えっ？」

「月を眺めてのデートですよ、満月とか月が満ちる日など、同じ日同じ時間を決めて、その日は月を眺めて話し合うのですよ、幼い時、父がお月さまには仏様が居らっしゃって、私達が幸せになるようにと見守って下さっているとよく教えられました。お互いに同じ夜、同じ時間に月を見て話し合いましょう、それを手紙にして交換するなどどうですか?」

「まあ、素敵!」

感嘆の声を挙げ彼女は、

「純一さんらしい思いつきだわ、すばらしいわ」と喜び、

「じゃあ、約束の指切りしましょ」

とすっと差し出す小指に純一も小指をからませ、「指切りゲンマン、ウソツイタラ、ハリ千本」

おどけながら二人は拍子をつけ無邪気に喜びあった。彼女がそっと純一の肩に横顔を寄せてきた。純一は柔らかくそして強く彼女の肩を抱いた。

秋の暮は早い、山道の斜面に生い茂る一叢の薄の尾花が西日を受け、風に靡き揺れ波打つ中を、二人は明るく弾む心を押えながら家路を急いだ。

冬日

年の瀬も迫った十二月、理紗子は倉敷郊外の閑静な住宅街にある実家の二階、南向きの六畳

の机の前に、こんな日を小春日和というのかなと思いながら、一人ぽつねんと座っていた。机の上には便せんとペンが置かれていた。

庭の木々もすっかり葉を落とし、植込みの植物も黄褐色に変った冬枯れの風景に、弱い光が射している。風も無く暖かみを感じる冬晴れの昼下りである。理紗子は純一への文の書き出しをなんと書こうか、思案していた。

母は友人と会う約束があり出掛け、ちょっと遅くなるかも知れないが、帰りに夕食の買物をして帰るからと言って留守番を頼まれた。

純一と知り合い交際して早や九カ月、あの秋の散策の谷川での結び付きは、より強く彼の像が自分の心に日毎に大きくなり、もう消すことの出来ないものになっていた。理紗子はこの頃になって思慕の情がより深まっていくのを感じていた。

あれは純一と初めて会って一カ月後くらいの時であったろうか、彼の希望で父の知合いの伊部にある備前焼の窯元を一緒に尋ねた時だった。

何時ものように鶴海沖から乗った船の中で純一と顔見知りだと言う一人の若い女性と会った。目元のすずしさが目につき、小麦色に日焼けした肌は健康そうで明るく溌剌とした綺麗な人だなと理紗子は思った。同じ工場に務める事務員の小野睦子さんという人だった。挨拶もそこそこに話が始まり片上に着くまで親しそうな会話が続いた。

船が着き桟橋に上がると、彼女は、

「じゃあ、またね」

と明るく手を挙げ、その挨拶に純一も笑顔で答えていた。

〈純一さんと久しぶりに会ったのに、全く口を利くことが出来なかった〉

ちょっと複雑な気持になった理紗子は、黙ったまま突っ立って彼女の後姿を見送った。心の中に軽い嫉妬の心が湧いているのに自分ながら驚きぼんやりと立ちつくしていた。

「島崎さん！　島崎さん！」

純一の呼び掛けに理紗子はハッと我に返った。

「どうしたのですか？」

不思議そうに覗き込む彼の顔を見て、「いいえ、何でもありません、ちょっと考えごとをしていて……」

と言葉を濁したが、心を見透かされたような気がして、理紗子は狼狽の色を隠せず恥ずかしさで顔が上気するのが自分でも解った。

「すみません。ぼんやりして」

やっと冷静さを取り戻し謝った。

当日は伊部の町を案内し、備前焼の店や陶工の窯元を尋ねたりしたが、心の底に出来たしこりは一日中消えず、そんな気持を持って案内して彼がどう感じたか、悪いことをしたという後悔の念が後々まで残った。

その時に理紗子は純一の影が自分の心に入り込んでいることを感じたのだ。

彼のどこに引かれ好きになったのかといわれてもよくわからない。優しい、誠実、思いやりと言った部分的なものでは説明出来ない。向かい合っているだけで躰全体から発する柔らかく温かいそして寛大さ、大きく包み込んでくれる包容力というものだ。醸し出す独特な雰囲気「オーラ」と言える。

たびたび死線を越えた彼の体験から、他者への思いやり、気配り、幸せを願う強い心が彼の人間像を作り上げているようだった。年齢は二歳下でも人間的には自分よりずっと優れて尊敬できる人だと理紗子は思った。

結城純一という人間像が、心を一杯に占めてしまい、離れることの出来ない存在となっていた。それは彼を愛しているということだ。まぎれもなく彼は理紗子にとって愛の存在といえた。

ふと、このままでよいのだろうかという不安が理紗子の頭をよぎった。二人の環境や立場の違う状況を考えると、何時かは彼との交際を終らせなければならない時が来ることになる。

「大学への進学」は、やっと長い苦悩の中から見付け出した彼の夢だ。夢を抱いて勉強している彼のために自分は邪魔な存在になっているのではないだろうかと理紗子は危惧した。彼の夢が成就した日は、二人の別離の日であり、そしてそれは二人の愛との決別の日となる。現実の愛が消えるなど信じられない、いや信じたくない。理紗子はそう思った。

病気と離婚の問題を抱えている自分の身を思うと逡巡する気持が募り、これで良いのだろうかと思い悩む日々が理紗子に訪れた。同時に彼に会いたいという思慕の念は、ますます強く自分の心を抑えることが出来ない、相反する気持の葛藤が続いている。人を愛するとはこんなに苦しく悩ましく切ないことなのか。

父の親友の仲立ちで見合いをした。相手は父の親友の上司で、大学を卒業し大商社に勤め将来を嘱望された青年だ。幸福な家庭生活が約束されていた理紗子だったが、病を得て実家に帰る身となった。父はそのため対応に苦慮し、駆け回ってくれている。両親は自分の心を慮《おもんばか》って愚痴ひとつ言わない。本当に申し訳ないと思う。

純一との交際について、それとなく、世話になっている人だと話はしているが、薄々彼との交際は感じているようだ。むしろ日に日に明るい表情になる理紗子に、ほっと安堵の情を浮べ、純一との付き合いのお蔭とも喜んで、感謝している様子だ。

優しく愛情を込め接してくれる純一には、それ以上に力一杯応え、愛したい。

自分の病状は安定しているけれど、先行きは全く不透明だ。医師の診断では、言葉を濁しているけれど、事態は予断を許さない、注意が必要とのことだ。

年の瀬の暮は早い。ふと気が付くと障子に長く伸びた冬木が影絵のように浮かび、部屋の中には夕暮れの影が忍び寄って来た。

そうだ、これからは純一のために、夢が叶えられるよう励まし応援してあげよう。そうすることが彼の愛情に報いる只一つの道だ。何もかも忘れて尽くしてあげることが、最善の道だ。それはまた、自分の生きがいのある人生に繋がっていくのではないか。〈純一さんの夢を叶えてあげること〉それが務めだと思うと鬱陶しい気分の心の雲も晴れ、明るい気分になった。それが自分の夢だ。そうだ純一が、「理紗子さんの育った所を是非見たい」と言っていた。一度倉敷を案内してあげよう、そして両親の許しがあれば招待しよう。そう思うと一段と心が晴れやかになった。

冷気の忍び寄る部屋の火鉢の火を掻き立てて、彼の顔を浮べペンを握った。引き出しの中の束になった純一からの手紙がまた増えるだろうと思いながら……。

誕生日に贈ってくれた鉢植えのシクラメンの紅い花が微笑んでいるように見えた。

昭和二十八年の新春を迎えた。純一は独身寮で、差出人島崎理紗子と書かれた一通の手紙を開けていた。年賀を兼ねてのものだが、何時もながら愛情のこもった文章は優しく誠実で心が和む思いだ。

不思議な巡り合いから、まだ一年も経たないのに、彼女の存在が生活の中に日毎に大きくなっていく、異性との愛や恋が人生にとって如何に大切なものかとつくづく思う。純一にとっては初めてといえる。それは自分を生き返らせ夢や希望を与えてくれた。

死を考え、日夜、山野をさまよい歩いた生活が今は嘘のようだ。これも彼女が現実の世界に連れ戻してくれたと言ってもよい。今、二人は思慕の情に燃える思いだが、二人の置かれた立場から、砂上の楼閣のような危なさを抱えている。このまま永遠にと願うには厳しい現実である。将来どうなっていくのか解らない。それは利発な彼女のことだ。充分理解し心得ているだろうが、願いと現実の間で苦悩し呻吟しているだろう。そう思うと不憫で愛おしく恋慕の情が一段と強くなる。お互いが求め合う現実は止めようがないし後戻りは出来ない。「勉強は進んでいますか頑張って下さい」とは彼女は一言も言わない。何故なら、それは二人の別離の一里塚を確認するに他ならないからだ。彼女の切ない気持が胸に迫る。

今年は来年の上京の準備などで忙しくなる。彼女との逢瀬も……と思うと辛い。ただ、いまは、彼女の躰の恢復を祈り、明るく幸せな人生を送ることが出来るよう精神的な支えとなりたい。

誕生日に贈ったシクラメンのお返しに、純一の部屋が明るくなるようにとポインセチアの花を贈ってくれた。添えられた用紙に花ことばは「博愛」です、と書かれていた。鉢植えの白い花から彼女の心根が伝わって来た。

第四章

風　光

今年も山野に風光る春がやって来た。理紗子と知り合って一年になる。久しぶりに新緑の映える山道を歩こうと、いつもの待ち合せ場所で顔を合せた。

首元がすっきり見えるクルーネックの薄い紫色のセーター、丸襟のブラウスにベージュのスラックスの装い、いつもと同じように品の良さと爽やかさを感じさせた。

すっきりと梳いた黒髪を後ろで束ね、黄色いリボンで結んで背に長く垂らすいつもの姿、しっとりとしたローズレッドの口紅を差し、色白の面《おもて》に薄く紅を刷いた頬は、ふっくらとして一際明るく健康そうに見えた。

「お久しぶり、元気そうだね」

「こんにちは、はいお蔭さまで、純一さんは」

「私は何時ものように元気ですよ、今日は服装もシックで良く似合い一段と綺麗だ」

「まあ、本当に。嬉しい」

と燥ぎながら両手を伸ばして来る。純一は柔らかく握ると彼女はブラブラさせながら、

「お世辞でも嬉しい」

「いやいや、お世辞じゃありませんよ、本当のこと」

「ありがとう、純一さんと久しぶりに会えて嬉しい」

そんな彼女に一段と愛しさが込み上げてくる。

「今日は少し遠出をして理紗子さんを苛めてあげよう」

「まあ意地悪、どうぞ」

「今日は足を伸ばしてお寺へお参りしましょう」

「ええ、いいですわ」

頷きながら嬉しそうに笑った。

「きついかな」

「いいえ大丈夫です。そんなに柔ではありません、これでも運動選手だったんですから」

「ああ、そうでした、失礼しました……」

お互い茶化し合いながらの会話が楽しい。

「さあ行きましょう」

通い慣れた山道を二人は登って行く。初夏へ移ろうとする新緑の山の木々は、春の陽に萌え明るく新鮮だ。躰一杯に山の香りを吸い込む。

しばらく登ると、

「あっ山吹の花だ！」

と理紗子が声を出した。みると山吹の一群が黄色い花を一杯に咲かせている。初めて二人で来た時、彼女が見付けて記念の押し花をして送ってくれたことを思い出した。

「わあー、あの時の山吹の花が……」

と立ち止まる。一年前のあの日が、と感慨無量だ。

大自然の大きな力によって、万物は毎年同じように私達を迎えてくれているのだろう、と純一は考える。

同じように見えないのは、人間の心の変化のなせるわざなのかもしれない。人の心は移ろいやすいもの。

春は出会いの季節だという、自然との出会いも人の出会いと同じように大切なものだと思う。

自然の中に身を委ね、大きな懐に抱かれて静かに自分を見詰める時、自然は人間の生き方を教えてくれ、人は自分なりの新しい価値観を創り出すのではないだろうか。

「あっ山桜だ。理紗子さん、見て」

木々の新芽萌ゆる緑の中に一本の山桜がひっそりと孤立する姿があった。遅咲きなのだろう、春の風と光の中にあって、緑葉の陰に見え隠れする淡紅色の花もまた風趣である。

「あっ、すみれ。綺麗だわ」

左手の斜面にすみれの一群だ。花茎の先に濃紅紫色の小さな花が美しい。

「すみれにはいろいろな種類があって、花の色もそれぞれ違い特徴があるのです。やっぱりこの色が私は一番好きです」

と彼女は愛でるように見入っている。

「花屋さんにアルバイトをしているから、詳しい。感心しました」

「花のことならなんでも聞いて下さい」

「おっ、大きくでましたな。理紗子先生」

「まあー」

笑い合う。

「山を歩くといろいろな自然の花を見ることが出来てすばらしいです。やはり、自然の中に咲く花はそれぞれ趣があって、お店での花とは違った感動を覚えますわ」

「そうですか、花は自然の中に咲いている姿が一番美しく本来の姿ということですか『手に取るなやはり野におけ蓮華草』という句があります」

「おや、博識。純一さんこそなかなかのものですわ」

「捨てたものではありませんよ」

　交わす言葉も春の日に明るい。

「一本一本の花にもそれぞれの味わいの顔があるように思います」

「ほう、同じ花でもですか？」

「そして切られた花は傷ついた花です、自然の中の花は生き生きとした生命の強さを感じます。人間もまた同じだと思います。人間も自然界に足を運ぶことにより、自然の力強い生命の息吹、活力を与えられるのではないでしょうか」

　そんな彼女の洞察力をすばらしいと思った。時折見せる繊細な神経と鋭敏な感受性に敬愛の念を深くした。

　登り切ると山間の平原に出て脇道に入る。何時も一人で来て何気なく歩いて行く道だが、彼女に教えられて見る道端や野の中に、春蘭、ひっそりと白い花の房を垂れている雪柳、山躑躅の群生、色とりどりの花を付ける野草を発見し、それぞれの趣を感じ自然の美は見飽きないものだった。

途中、道端の石に腰を掛け一休みしている老年の夫婦に会う。

「こんにちは、お参りですか?」

「ああ、こんにちは」

「良い天気ですね」

「ああ、ええ按配じゃなあ」

言葉を交し頭を下げて別れる。今日は寺の行事でもあるらしく参詣の人が多い。参道の石段の横に並ぶ一軒の小店に顔を出す。

「小母さん、こんにちは」

「ああ、結城さん、お出でんせい。おや、お連れさんかなあ」

「ああ、こちら島崎理紗子さん」

「初めまして島崎です」

「お出でんせい、よう来られたなあ、綺麗な人と一緒で若え人はええなあ」

純一を見てにっこり笑う。

「今日は草餅があるぞな」

「ああ、お参りして帰りに寄るよ」

彼女を促して店を出る。

石段を登り広い境内を横切り裏手に回って庫裏の前に立つ。

「ごめん下さい」

中から黒い衣姿の若いお坊さんが顔を出し膝をつき、

「いらっしゃいませ」

丁寧に挨拶され恐縮しながら、

「和尚さまにお目にかかりたいのですが……」

「ええ、いらっしゃいます、どちらさまですか」

「はい、ご連絡しておいたのですが、結城純一と申します。以前、和尚さまに個人的にいろいろお話をお伺いした者です……」

「結城さまですか。伺っております、お待ちください」

と言って中へ、暫くして顔を出し、

「お待たせしました。どうぞこちらへ」

通されたのがこの間お話を聞いた茶室だ。

「今、法事が終りまして檀家の方々と懇談されておりますので、もう暫くお待ち下さい」

と障子を閉めて出て行った。

四畳半の小間の隅には、風炉に架かった釜に湯気が立ち、前に茶筅、棗、茶碗、柄杓、水指、

建水等の茶道具が綺麗に並べ置かれている。床の間には掛軸、据えられた備前焼の花器には一房の藤の花、鄙びた部屋の佇まいに、

「茶室ですか。静かで心の落着くおもむきのある部屋ですわ。すばらしい」

感に堪えたように言う。

「こんな所で静かに自分を考えるのも人間にとって大切な事かも知れないなあ」

「やあやあ、お待たせ、いらっしゃい」

と柔やかな笑顔で和尚さんが姿を見せた。

「ああ、結城さんとはしばらくじゃな。元気かな？　おお、今日は美人を連れてのお参りか」

と私達の心を解《ほぐ》すように冗談を言いながら笑顔で座られた。

「ご無沙汰しております、お蔭さまで元気でおります。彼女は友人の島崎理紗子さんです」

「初めまして、島崎理紗子と申します。今日はお忙しいところをお邪魔して申しわけありません」

「いやいや、どうも、住職の道庵です、遠い所をようお見えになった。さあさあ、お楽に」

と手を差し伸べられた。

「あの時はいろいろ良いお話をして頂き、目から鱗が落ちる思いでした。いろいろ考えまして大学へ進学しようと決心し、来年は受験しようと勉強しております」

と近況を報告した。

「そうか、そうか、それは良かった。前向きになって夢を実現しようとはすばらしい。私も夢が叶うよう祈っているよ。頑張りなさい」

「はい、ありがとうございます」

温かい言葉に胸にじーんと迫るものがあった。

「実は今日お伺いしたのはもう一つ、彼女のことなのですが……いろいろお話をお聞きしたいと思いまして」

「おお、結構じゃ。何でもお話しされよ」

「彼女は大学を卒業して直ぐ結婚をしたのですが、半年後、肺浸潤と診断され、実家と婚家との間で、病気を隠していたということでトラブルになり、今は実家へ帰り療養中です。自分自身は学生時代運動選手で健康には自信もあり、思ってもみなかった宣告に大きなショックを受け精神的に深く傷つき、父母や相手にも迷惑を掛けたと、悩み苦しんで悶々とした日々を過ごしております。ふとしたことから彼女と知り合いになり、何とか力になって上げたいと思い今日お伺い致しました」

じっと聞いていた和尚さんが、

「よく解りました」

と言って、彼女に二言、三言尋ねた。彼女の答えを、じっと自分自身が納得するように何度も頷きながら聞いて、

「よう打ち明けて下さった。人間はなかなか自分の恥部はプライドもあって人に話せないものだ、よく解りました」

間を置いて和尚さんが口を開かれた。

「まず理紗子さんに言っておきたいことは人間は時に不運、不幸なことに会うと何故自分だけがと嘆き、世の中で自分が一番不幸だと思いがちだが、世には自分よりもっと不幸な境遇の人達が大勢いるということ、その人達はそれぞれの思いで障害を乗り越え頑張って生きているということです。このことは結城さんにも初めにお話をしたと思うが……今日は仏教の信心ということについて話をしましょうかな。

日本人は宗教には無関心で信仰心が乏しく、あるいは足りないなどと言われてそれが通説になっているようです。しかし何か事あるごとに神社仏閣にお参りする伝統的な習慣が多く、神社仏閣を崇め敬う気持は根強いものがある。このことから一概に信仰心が云々とは言えない気がする。逆に神仏に縋る気持は非常に強いのではないだろうか、しかしその内容は対象に向かって、一方的に助けて貰う、お願いをするなど、日頃は疎遠にしていながら、ちょっと身勝手な行為で真の信仰とは言えないのではないだろうか。信仰と信心とは同意語に捉えがちだが、

仏教では信心とは、聞くことから始まると説かれているように、日頃から法話、法談などを聞くことが大切です。

人間は独りで生れ、独りで歩み、独りで逝く生来孤独な存在と言えます。しかし、誰の世話にもならず一人で生きていくことは出来ません。お互いが支え助け合いそして協力して歩むのが世の中です。これを忘れてはいけません。

人間は精神的に自分の身に何事かの苦しみ悩みが起きた時、生きる意味や目的を考え追究しようとする意識、意欲、感情等の能力が潜在していると言われている。従って、人間が究極的に追い求め欲するものは、心の幸せであろう。

宇宙の摂理は神が万物の利益を思いめぐらせて世の事すべて善き方向に導いて治めているということである。自然界を支配している理法である。仏陀は菩提樹の下での修行から宇宙と一体となり悟りを開かれた。法則性をもって動く大自然の事実、これを仏教では法という。仏教の教えは法に基づいて説かれている。それを学び知ることによって人間を幸せに導くという教えです。分かり易く言えば仏教は人間を苦悩から救う教えです。

併し現状は、仏道を敬遠し、帰依して学ぶ人が少ないのは残念であり、勿体ないことだと思う。

仏教でいう信心とは、毎日心の変化を積み重ねて悟りの境地を追究していく行為、即ち人間に対する根源的探究という事柄を追究する精神を、宗教的いのちとして成立するものです。例えば芸術の世界等で修業を積み重ねていく過程で、突然パッと視野が開け、新しい発見、発想、境地に達することがあります。そしてそれが至高な芸術作品を生み出します。

仏教も同じです、悟りの境地を身に付けることです。信心によって人間は心が広く、人をよく受け入れるようになり、人からもよく受け入れられるようになるでしょう。

仏教に『回心《えしん》』という言葉がありますが『心の変化による価値観の創造』と私は解釈しています。自分を静かに見直す時、価値観・人生観・生活観に変化が生れます。

日常の当り前の事を当り前と思わない、感じる力が養われ、感謝する気持に変ります。

発想の転換によって、前向きでプラス志向の考え方が身に付き、積極的行動は明るさを生み、人との語らいが楽しく交友の輪が広がります。温かく人と接するとき、その温かさがかえってきます。そして人の喜びを我が喜びとする境地になります。それが潤いのある心の豊かな日常の生活に繋がっていくのではないでしょうか。理紗子さんも病気だからと悲観し嘆いてはいけない。酷い言い方かもしれないが悲観し嘆いても治るわけではありません。

病になったこと、起きたことは仕方がないことと達観し、病とどう対処し、どう付き合っていくかを考えることです。そして今の苦境を乗り越えようという意欲を持って、日々の闘いとすることが、いま必要で大切なことではないでしょうか」

諄《じゅん》々と説く法談を二人はじっと拝聴した。

「難しく解りにくい点もあったでしょうが何か解らないことがあれば何でもどうぞ」

「大変ありがたいお話でした、難しい点もありましたが、お言葉を繰り返し考えて、これからの生き方を二人で考えてみたいと思います、いま、何をすれば良いか、それを見付けることにより生きる力が湧いてくるのではないかと思います」

「そうじゃな、二人で話し合ってみなさい」

黙って聞いていた彼女の瞳が感動で少し潤んでいる。

「どうもありがとうございました。お話をよく噛み締めてこれからの自分の生き方を前向きに考えたいと思います」

と静かに頭を垂れた。

「何も仏教の専門家になる必要はないのですよ。普段の生活をして、時に寺へお参りし、法話とか講話等を聞いたり、仏教の本等も開いてみることじゃな、そうすると社会や人を見る目が違ってくると思う」

「少し疲れたじゃろ。お茶を一服進上しようかの」

と言われて茶釜の前に座られた。

純一は床の間に架かっている『和敬静寂』という文字に一寸興味を覚えた。

「和尚さん、あれはどういう意味なのですか？」

「ああ、これはな清らかに静かに心を交えるとの意味じゃ。宋代の劉元甫の語からという、利休が茶道の精神を表す語として使ったのじゃ」

「そうですか、あの千利休が……。誰が書かれたのですか？」

「わしじゃ」

「すばらしい書体だなあと思っていました」

「いやいや、ありがとう」

　柔らか味のある伸び伸びした円やかな書体は、人の心を落ち着かせ、和ませて、茶室に相応《ふさわ》しいと純一は思った。

　帰りには二人で本堂に寄って御本尊に手を合せ仏縁に感謝しながら、和尚さんの「また、何時でもいらっしゃい」の言葉に送られて寺を後にした。なんとも言えない爽やかで満ち足りた心地だった。

「小母さんお参り済んだよ」

「ああ、お帰り」

「今日は和尚さんと会っていろいろお話を聞いて来たよ」

「ああ、良い和尚さまだもんなあ、それは良かった」

「じゃあ、草餅下さい」

「はいよう」

それぞれの前に運ばれて来た一皿に二個の草餅を食べる。

「緊張が解けたせいか急にお腹が空いちゃった感じでおいしいわ」

「そうだ。じゃあ草だんごを食べましょう。ここのはおいしいですよ。帰りに理紗子さんが動けなくなるといけないから」

「まあ、純一さんたら」

お互いに笑い合う。

「小母さん、草だんご一本ずつ下さい。ここの草だんごおいしいものな」

「そうかい。ありがとう、はいどうぞ」

一服して、

「小母さん、ご馳走さま」

「はい、また来てつかあせい。ありがとう」

二人は店を出る。

「このまま帰るのは惜しいな、この前行きそびれた谷川の水の湧き出る頂上へ行ってみませんか、ここからは近いようだから」

「行きましょう、行きましょう」

一人がやっと通れるような叢の中の細い脇道に入る、急な斜面を、

「大丈夫？」

「大丈夫よ」

「さあ手を出して」

伸ばした手に彼女がしがみつくようにして登る。もう少しのようだと思った瞬間、突然視界が開け、眼の前に丸い池が飛び込んできた。

「あっ、池だ！」

二人は声を出しながら、少し下って池の傍に立った。木々に囲まれ一望できるほどの小さな池だ。濃い青緑色の微温《ぬる》んだような水面は波一つ立てず、神秘的な静寂さを醸し出している。風の音さえない。思いがけない風景に一寸言葉がなかった。

「何かが飛び出して来そうで恐い」

と彼女はそっと身を寄せる。陽の光は影を伸ばし西の空を茜色に染め始めている。身の引き締まる感じで何処かへ連れて行かれるのでは……二人だけの世界だ。天から与えられた二人だけの自然の中の空間、自然の理は人を善へ導くという和尚さんの言葉が頭に浮かんだ。

人目を避け緊張感を持つ二人の逢瀬……胸の中に熱い恋情がこみ上げる。誰にも邪魔されな

い二人だけの別天地だ。

「和尚さんのお話を思い返しました。私、何がいま自分にとって大切か、過ぎたことは忘れて前向きに歩んで行こうと思います。いまの私にとって純一さんは大切な人、いつも純一さんの影が心一杯に広がって離れません、二人で手を取り合って頑張っていきたいと思います」

「ありがとう」

やや俯きながら水面を見、しみじみと思いを述べる彼女の睫の下の瞳に、強い光を感じ、思わず純一はしっかりと彼女を懐に包んだ。燃えるような躰の温みを感じながら、いつまでも……。

一日の終りを告げる茜色の空に中天から薄い黒い幕が降り始め、夕暮れの梵鐘の音が山沿いに静かに流れ来て二人を包み、やがて彼方の空へ消えて行った。

探　訪

夏も過ぎ秋の気配が濃くなる十月上旬、彼女が倉敷を案内してくれるという誘いを受け倉敷の駅で会うことになった。戦災にも遭わず古い伝統の街並を残している倉敷は、帰国以来鶴海から出たことのない純一には興味があり、彼女の生育の地ということもあって何時かは訪れてみたいと思っていた。彼女も喜んで、是非、と今日の日になった。

十一時半の約束が少し遅れて駅に着いた。出迎えの彼女は、珍しく髪型をボブヘアーに変え、紺色のワンピースに白いベルト、白いハンドバッグを手に持ち、襟元には白い真珠のネックレス、同じ真珠のイアリングというシンプルな装いで、上品さを漂わせていた。しっとりとした落着きは、ちょっとお姉さんぽい感じで、違う人のように見えた。

笑顔で近づいて、

「いらっしゃあい」

と頭を下げる彼女の顔を見詰めながら、

「えーと、どなたでしたっけ」

「えっ」

と驚く。

「人違いされたのでは？　どなたとデートですか」

「いや、純一さんたら、意地悪」

笑いながら軽く拳をあげ打つ真似をする。

「いやあ、今日は一段と綺麗なので見違えちゃったよ」

「まあ、お上手を言って！　ほんとう、嬉しいわ」

言いながら純一の二の腕に腕をからませてくる。

「ちょ、ちょっと、人が見ているよ」

「いいえ、ここは鶴海と違いますから、だい、じょう、ぶ」

と身を摺り寄せてくる。純一は少し照れながらも、そんな彼女の喜びように嬉しくなり、ぐっと手を握った。

「今日はね、夕食をみんなで一緒にと父母も言っていますから、そしてゆっくり泊っていって下さい」

と耳元でささやく。

「なんだか悪いな、いいのかな」

「父母も喜んで、お呼びしなさいと許してくれたの」

「そう、ありがとう、少し緊張するけど」

「今日、純一さんとデートだと思うと、昨夜は嬉しくてなかなか寝つかれませんでした」

「それにしては充分満ち足りたような顔してますよ」

「意地悪」

お互いに久しぶりに会う喜びで他愛ない会話を続けながら十分ぐらい中央通りを歩く。

「ここを曲がりましょ」

と左へ、

「まず大原美術館に行きましょうか」

右手に美術館の入り口が見える。

「日本でも有数の美術館で、十九世紀後半から二十世紀初頭の名画や彫刻が展示されているんです」

前もって今日の案内のため下調べをしていてくれたらしく、地図やパンフレットを純一の手に渡しながら名ガイド振りを発揮する。入り口に立つ、重厚な太い柱に支えられた壮厳なギリシャ神殿風の玄関、両脇に等身大の男性の彫刻がどっしり台座の上に立っている。ロダンの作とのことだ。

もともと純一は幼い時から絵を画くのが好きで、師範学校時代は才能があると先生に言われ、二人でよく写生に連れて行って頂いたことを思い出した。

天井の高い重々しい雰囲気の周囲の壁に飾られた大きな画面の西洋画に圧倒された。それは純一が想像した以上の絵画だった。大画面からは動的で迫力があり、人の心に迫る勢いを感じた。日本の絵とは異質のものがあり、初めて接する純一には戸惑いも大きかった。

大画面一杯に男女の裸像、特に裸婦の絵が多かった。

青く澄んだ空と山、木々に囲まれた柔らかな草叢の中に横たわる、豊満な肉体の裸婦、水辺に遊ぶ浴女、薄衣をさり気無く纏い横臥する裸女など、このような絵画を見たことのない純一にとっては、ゆっくり凝視するのも気恥ずかしく、視線を逸らしたり目を伏せがちになった。あまりにも刺激が大き過ぎた。時々、女性はどんな気持で鑑賞するのかと、熱心に見ている彼女の横顔を盗み見していた。

一階から二階へと一時間余りかけて鑑賞したが、少し疲れを覚え、彼女の横顔を見ると同じく疲れているように見えたので「外へ出ましょうか」声を掛けると「ええ」と中庭に出た。

「ちょっと疲れました」

「私も少し疲れましたわ」

「リアルな描写で迫力がありすばらしかったなあ」

「芸術家の才能って計り知れないですわ。私達には想像もつきません」

彼女も感動したようだ。

「じゃあ、少し歩きましょうか」

彼女を促し館の外へ出る。右手の川面に影を落としている柳が目についた。古い時代の情緒を感じ気分が落着いた。前の今橋という重厚な石橋を渡る。案内図を広げながら彼女の説明を聞く。

「ここが美術館の創設者の大原家よ、」

古い蔵屋敷で江戸時代の中期に建てられたという。丸瓦の屋根と格子の付いた板壁に白壁、当時を彷彿とさせる。日本の伝統建築文化を伝える建物かと見上げる。

「すごい。まるで御殿だ、これが一軒の家ですか？」

驚くばかりだ。

「じゃあ、ここを右に曲がりましょ」

彼女の言葉で小路に入る。思わず立ち止まって周囲を見廻し、そして見上げる。海鼠壁《なまこかべ》と焼き板壁に挟まれた小路だ。漆喰の目地の文様が美しい。誰も居なく静けさだけがひっそりと小径を守っている。まるで時代を錯覚しそうだ。誰一人居ない、二人だけの世界だ、寄り添ってにっこり笑みを浮かべながらゆっくり歩く。まるで映画の主人公になったような気分だ。このままでは勿体ないと、また引き返し往復する。心を残しながら川辺へ出る。先ほど見えた川柳が川を守るように続いている。

「これが倉敷川です。昔、荷揚げ船が往き交ったそうよ」

「ほう、この川を」

川沿いに白壁の土蔵、板壁の古風で伝統的な建物の町屋が続く。川縁の道を散策する、蔵や古い町屋の建物を残し、表を改造して商店となっていろいろな店を作っている。感覚的には江戸時代の情緒を味わわせ、同時に現代的生活を享受するということか。

「疲れたでしょう、一休みしましょう」

「あそこに喫茶店があります」

と彼女が指差す「えっ」一見わからない。なるほど喫茶店の看板が出ている。蔵を改造した喫茶店に入る。

「コーヒー飲みますか?」

「えっ、コーヒー」

喫茶店でコーヒーなど飲んだことのない純一は、戸惑いながら「飲みましょう」と店の中を見廻す。外はそのままで中だけ改造したらしい。天井の梁や壁を残し、テーブルを並べただけの店だ。他に三、四組の客がコーヒーを前に談笑している。静かで落ち着いた雰囲気で気分が和らぐ。運ばれて来たコーヒーを前に二人は見詰め合う。久しぶりの出会いだ。黙ったままテーブルの下でそっと手を握り合う。

「元気そうで良かった」

「会えて嬉しいわ」

とちょっと視線を落とし涙ぐむ。彼女のいじらしさが胸を打って感情が高ぶる。

「さあ冷めないうちに頂きましょう」

「じゃあ」

顔を見合せ、

「おいしい！」

思わず同時に声を出す。

コーヒーを飲みながらいろいろ弾む楽しい会話で一休みし、

「さあもう少し川縁を歩いてみましょう」

と店を出る。古い建物を残した店構えは一軒一軒味があって覗いて歩くのも面白く楽しいものだ。暫く歩くとまた、橋に逢う。

「橋の上から両岸を眺めて下さい」

彼女が指差す。川の流れを挿み庇うように垂れ下がる柳の枝が水面に映えて美しい。川の片方の岸沿い一帯には、江戸時代から米や綿花など扱う商人たちの広大な屋敷が立ち並んでいる。豪華な建物は、やはり格子、窓、壁なども特徴を備えていて昔を偲ばせる。

純一にとっては、見るもの、聴くもの、体験するものがすべて新しいものばかりで、今まで気付かなかったが、これが母国の姿なのだ。祖先の地なのだと感じた一日だった。父の生れた故郷の新潟はどんなところだろう。一度行ってみたいと思った。

まる半日ぐらいかかった倉敷の探訪だった。少し疲れを感じた。

「理紗子さん、大丈夫？　疲れたでしょう」

「ええ少し、じゃあ帰りましょうか」

彼女の家へと足を向けた。もう町筋には夕暮れの帷が下り始めていた。

途中で彼女がアルバイトをしている花富という花屋に寄った。夫婦二人で商売をしている店だ。

「こんにちは」

「ああ島崎さん、いまお帰り?」

「ええ、こちら友人の結城さんです。これから家へ帰るところなのです」

と照れることもなく純一を紹介した。

「結城です、初めまして」

頭を下げる。

「ああ、何時も理紗子さんには手助けして貰って助かっているんじゃ」

親しみのある笑顔で気さくに話しかけてきた。

「もう、お店は永いのですか?」

「親の代からの店じゃあ」

「それはそれは」

「島崎さんは花が好きで、すぐ花の名前を覚えるのにはびっくりじゃ、よほど花が好きなんじやなあ」

一頻《しき》りの会話が続く、いま会った人とは思えない親しみを感じた。彼女は二、三種類の花を買った。「今日は食卓の上に飾ります、純一さんを歓迎する意味でね」

「ほう、それはありがたい。皆で歓迎してくれるなんて嬉しいなあ」

途中、一軒の菓子屋に寄り、挨拶のしるしを包んでもらう。

「まあ、気を遣ってもらってすみません」

礼を言う彼女と島崎家へ向かった。

団欒

家は郊外の閑静な住宅街にあった。やはり戦火を逃れた街は、時代を感じ落着いた雰囲気の家並みが続いていた。板壁に囲まれた木造二階建ての家屋が見えた。「あそこです」彼女が指差す。二枚開き扉の冠木門、門の横の塀越しに、まだ熟し切れない青味の残った果実が紅色に色づき始め、実もたわわに付けた柿の木が覗いている。門を入ると小さい池に沿って一郡の秋《しゅう》海棠《かいどう》が淡紅色の花をひっそりと咲かせているのが目についた。花壇には手入れの行き届いた草花が、それぞれ大小の花を咲かせている。その奥に金木犀が黄金の花を一杯咲かせている。側を通るとなんともいえない芳香が鼻をつく、彼女が花言葉は「謙虚」と教えてくれた。南に面した部屋のガラス戸の前に、夏の日陰を涼んだのであろう、長い円筒形の糸瓜《へちま》の残り実が二、三本ぶら下がっていた。花や植物の好きな平和で慈愛に満ちた家庭だと純一は温かいものを感じた。

「ただいま！」

中から前掛け姿の女性が顔を出した。

「母です」

前掛けを外しながら玄関の板の間に座り、

「ようこそいらっしゃいました。さあさあお上がり下さい」

「こんにちは、お邪魔致します」

案内された六畳の卓袱台の前に座る。

「初めまして、母の律子です」

「結城純一です。今日はお招き頂きありがとうございます」

「いえいえ、何時も理紗子がお世話になってすみません。お蔭さまで理紗子も大分元気を取り戻し、これも結城さんのお蔭と主人ともども喜んでおります」

と頭を下げた。

細面でふっくらとした顔立ち、彼女に似て綺麗に輝く瞳、挨拶の声も少しトーンの低い爽やかさを持つひびきが耳に心地良かった。純一は、皆が自分のことをこんな風に思って下さっているのかと思うと胸が熱くなった。

「じゃあ、私の部屋へ行きましょう」

と二階の部屋へ案内された。南向きの明るく暖かそうな部屋だ。

「疲れたでしょうからゆっくり休んで、良かったら本棚の雑誌や本でも読んで」

と言って気さくに押入れから枕と毛布を出してくれる。

「じゃあ、少し横になろうかな、理紗子さんこそ疲れているのに大丈夫？」

「私は大丈夫、地元ですから、誰かと違って異国から来た人と違いますから」

「こら！」

確かに初めての街での半日の散策は、少し疲れを感じだ。

「今日は皆で純一さんの歓迎会を開こうということで、父も弟の伸一も早く帰って来ることになっているの」

「私のために、何だか悪いな、感激だけど」

「だから私も張り切って母と準備をしますから待ってて下さい」

「ああ、ありがとう」

彼女がすっと横になっている純一の傍らに寄ってきて、いきなり頬に唇をひょいと当てて離した。

「あっ、口紅が着いちゃうよ」

「大丈夫、拭いて来たから」

うふっと含み笑いをしながら、

「あっ、少し着いちゃった」

とポケットからハンカチを取り出し拭った。

「お莫迦さん」

と純一が軽く抱いた。

純一は一人になって部屋の中を見廻した。床の間には花好きの彼女らしく黄色と白の菊の花が備前焼の花器に活けてあった。その横に蓋を開けた文箱、硯箱が並べて置いてある。文箱には写経した般若心経の巻紙が置かれてあった。春に黒井山等覚寺にお参りした時、本文二百六十六文字の中に、大般若経のエッセンスを集めた仏教の教えが凝縮されていると、和尚さんに教えられて、其の後は法話や仏教の講話会に頻繁に足を運んで、家では般若心経の写経をしていると言っているのを思い出した。写経は一生懸命何もかも忘れ筆を運ぶことによって一切の心の蟠《わだかま》りが解け、和やかな心の落着きは、悟りの境地のようなものを感じるそうだ。時には講話会や法話を一緒にと思ったこともあったが、傷心の彼女が一生懸命に苦しみから解脱し、自分の生きる道を見付け出そうと努力している姿をみて、逆に妨げる結果になってはいけないと止めることにした。

何時しかうとうと眠ってしまった。

「純一さん！」

はっと目を醒ますと彼女が、

「お風呂へどうぞ」

声を掛けてくれた。

「ああ、ありがとう、でも誰も入っていないのに、一番風呂なんて悪いなあ」

「そんなこと、あ、り、ま、せん。今日は大事なお客様ですから」

と拍子をつけて徒《あだ》っぽく言って笑った。

階下へ降りて、

「お風呂、先に頂きます」

「どうぞ、どうぞ、ごゆっくり」

母と二人で夕食の準備をしている彼女を見るとエプロン姿がよく似合う、本来なら一家の主婦として、幸せな家庭を築いていただろうになと眺める。しかし今の彼女にはそんな素振りは微塵もない。むしろ嬉々として顔色も良い。

夕食時、階下の茶の間で家族の皆さんと顔を合せた。父親の行雄さんは、大きい会社の部長さんとかで、太り気味だががっしりした体格で、眉の秀でた威厳のある顔立ちだ。

「初めてお目にかかります結城純一です、何時もお世話になっております」

「いやあ、こちらこそ、父の行雄です」

と丁寧に頭を下げた。着物姿が板に付いて、純一のような若者に対しても尊大ぶったところが無く、礼儀正しく、声のおだやかさが人となりを表していた。すると彼女が「弟の伸一です」と紹介した。

「こんにちは、伸一です、姉がお世話になっております」

と頭を下げた。高校三年生とかで、父親に似て背が高く優れた体型で、日焼けした躰は壮健のようで、若者らしく活気に満ちていた。

応接卓と卓袱台を並べた卓上には、肉、豆腐、野菜類が大皿に盛り沢山並べられていた。食料品不足の時代にこれだけの食べ物を確保するには大変だったのではと感謝する。卓の真中には黄色と赤の薔薇を活けた花瓶が置かれ興を添えていた。「さあ始めましょ、なかなか良いお肉が手に入らなかったのでごめんなさいね」と母の律子さんが声を掛ける、卓を囲んで五人の晩餐会が始まった。

父親の行雄さんが、

「じゃあ今日は結城さんの歓迎会だから皆で乾杯しよう。男性はビール、伸一と女性はジュースだ」

「乾杯！　乾杯！」

お互いの出合いを祝福し合う。

父親が、

「結城さんは飲めるのでしょう」

「ええ」

「いつもは何ですか？　日本酒ですか？」

「そうです」

「ウイスキーはどうですか？」

「えっ、いやあ、飲んだことは無いのです」

「それじゃあ、飲んでみますか」

戸棚から一本のウイスキーを取り出した。純一にとっては今まで飲んだことも、いや見たこともない品物だ。

「これはジョニ黒です。ジョニ赤は日常良く手に入るのですが、黒は手に入らず、友人が贈ってくれたんですよ」

純一に手渡しながら、

「英国のお酒ですよ」

手に取ると、重厚な瓶の重さが手に伝わった。黒いラベルには〈Johnnie Walker〉と横文字の表示があった。これが英国の酒、あの敵として闘った国のだと思うと複雑な心境になった。

小さなグラスに注がれた琥珀色のコクのある液体を眺めながら、ぐいと飲んだ瞬間「うおうー」と強い刺激に思わず顔を顰める。びっくりした母親があわてて、

「理紗子、お水！　お水！」と叫んだ。彼女も慌ててグラスに水を入れて持って来て手渡しながら、

「どうぞ、大丈夫？」

と心配そうに覗き込んだ。

「お父さん！　駄目ですよ、初めての結城さんにストレートで。水か氷割りにしてあげなくては」

と軽くたしなめる。

「いやあ、悪い悪い、御免御免」

と頭を掻いた。彼女が心配して背中を摩《さす》ってくれる。そんな微笑ましい二人の所作に両親は

温かい目を向けていた。

落着きを取り戻し「いやあ、済みません、強い酒ですね」

「そう四十度ぐらいかな、日本酒は十四、五度だから」

「いやあ、驚きました」

皆で笑い合う。その後はいろいろな話題の歓談になった。

伸一君は高校野球の選手で、東京の大学から誘いの手があり、来年は大学へ進み野球を続けたいとのことだ。宴も終り、彼女と母が台所へ片付けに立った後、父親との会話になった。

理紗子の件も先方との話し合いが漸く円満に纏り、近々正式な離婚の手続きに入ることになりほっとしている。戦後、福岡へ転勤になり食糧事情の悪さもあって、妻を連れ赴任して、理紗子を神戸で独り学生生活をさせたのが、病気の原因だと私は悔やんでいますと述懐され、今は一日でも早く理紗子が健康を恢復することを願っておりますと、しみじみ話された。そして最近、結城さんとのお付き合いの話も聞き、日に日に元気を取り戻しつつあるようで嬉しく思っておりますと感謝の言葉があった。

純一は家族とはこういうものなのか、共に支え合い助け合って生活していくのが家族であり、家族愛なのだろうと、島崎家の家風を羨ましく思った。純一にとっては物心ついてから初めての体験だった。

夕食も終り二階の彼女の部屋に上がって外を眺めていた。後片付けを終えた彼女が上がって来た。

「ご馳走さま、疲れたでしょう」

「少し。でも大丈夫よ」

「お父さん、お母さん、伸一君皆良い家族だね」

「ええ、私もそう思います、私のために父に苦労をかけて済まないと思っています」

「そうだね、相手との話も大分ご苦労されたようだ。そのためにも理紗子さんが元気になることが一番の親孝行になると思うよ」

「ええ、そう思います」

「どう躰の調子は？」

とそっと手を握り、二の腕の肌の具合をみる。

「色艶も良いように見えるけど」

「お医者さまも栄養を充分取り、適度な運動をして、綺麗で新鮮な空気の環境で生活しなさいとアドバイスをして下さり、病院でストレプトマイシンを打って貰っています」

「そう、それは良かった」

そっと肩に手をやり抱き寄せる。

「ほら、今日は月が綺麗だ。今日は弓の弦を張った形の弓張月だ。美しい。これからもお月さまにお願いして、私達の仲を取り持って貰いましょう」

彼女は少し潤んだ目を向け、そっと近づけてきた可愛らしい唇に純一は唇を柔かく重ねた。温かく嫋《たお》やかで熱い二人の結びつきを月は優しく見守ってくれていた。

翌日、母上の「また来て下さい」と言う温かい言葉に送られて島崎家を後にした。

「家族というものは、温かく愛情に満ちたすばらしいものだな。本当にありがとう」

見送りに来た彼女の手をしっかりと握った。

純一はこれが家族の団欒というものかと初めて味わい知った気がした。駅のホームで振られた彼女の白い手が何時までも頭を離れなかった。


翌晩、理紗子の父親が夕食の席で、いみじくも言った。

「結城さんは立派な良い青年だ。鼻筋も通り、目、口元も引き締まって、胸も肩も張って立派な躰で、しかも礼儀正しく、海軍士官の制服でも着たら立派だろう。さぞかし偉丈夫と言ったところだな」笑いながら、「理紗子が好きになるのも無理ないな」

「まあ、お父さんたら」

理紗子が顔を赤らめた。

「しかし、あんな前途ある立派な若者たちが大勢戦争で死んでいったと思うと残念だ。戦争とは非情で残酷なものだな」

しみじみ父が言った。

「そう、純一さんももう少し戦争が続けば、この世に居なかっただろうと言っていました」

こんな会話をゆっくりと父と話せるのも平和の時代だからと思った。そして父や母が彼に好意的で、褒めてくれたことは涙が出るほど理紗子は嬉しかった。最後に、

「理紗子の気持は解るけれど、純一君は進学しようとするこれからの人、今は彼の夢を叶えてあげるよう励まし、協力してあげることだ。そうすることが理紗子にとっていま一番やりがいのある幸せなことだと思う」

という言葉に、理紗子は父の深い愛情を感じた。

愛　別

昭和二十七年から翌年の二月まで、純一は多忙の日を送った。二月念願の大学合格の通知が届いた。天にも昇る心地、今までの生活から考えるとそうなる筈なのだが、ああ決ったかと何か他人事のようで、上京して大学進学するのが規定の路線のような感じがした。実感が湧かな

く冷静なのに自分ながら驚いた。日頃から出奔の心構えで身辺整理をそれとなくしていたし、昨年は伝を得て上京し、いろいろ準備をしていたせいかも知れない。

ただ、周りの人達は一様に驚いて、何で今更、安定した生活を捨てて、東京なんぞへ行くのかと、奇異の目を向けた。

戦後七年余、大分世相も落ち着いて、純一の身辺にも大きな変化が生れた。京城のおばあちゃんと呼んでいた祖母とも連絡が付き、叔父が東京の新宿に居住していることが判り、上京して叔父と久しぶりに会った。早くに父を亡くしていた純一を特に可愛がってくれていた叔父だった。再会を我がことのように喜んでくれ、受験時の宿なども快く引き受けてくれ、東京に縁が出来たことも純一の心強い支えとなった。人間の運命の不思議さをつくづく感じた。

純一は一つの大きな決断をした。もう二度とこの地へ戻らない、帰る場所の無い身だという背水の陣を敷いた。身の回りの物はすべて処分し、将来に禍根を残さないよう身辺整理をした。東京へは最小限の生活必需品を送ることにし、再出発を図ることにした。

過ぎる歳月は留まることなく、人の思いに関係なく同じ周期で巡ってくる。昭和二十八年春、彼女と出合ってから二年、二人の別れの時である大学進学のための上京の日が近づきつつあった。

春の彼岸も過ぎ、気紛れに訪れる春の寒気も今日はなく、麗らかに晴れた仲春、最後に黒井山等覚寺へお参りしたいという彼女の願いで、何時もの場所で会うことになった。

明るい春の季節だが二人にとっては辛く暗い悲しみの逢瀬だ。

普段は化粧をあまりしない彼女だが、今日は白い面にほんのりと紅をさし、薄いピンクの口紅を引いた唇、清楚で気品を一層際立たせていた。身には塵除けのダスターコートを纏っていた。

黙って手を握りながら歩む、自然に言葉数が少なく寡黙な山の道だ。顔を伏せ歩む彼女の睫毛に隠れ、憂いを含んだ瞳に接した時、純一は一層の憐憫の情を感じ、突然立ち止まった。彼女の潤んだ瞳が彼を見詰めた。「理紗子さん！」感情が激して思わずぐっと抱き締めた。細身の躰全身に女性らしい膨《ふく》よかさは感じるものの、緊張感からか強張りもありちょっとたじろいだ。

野辺に花が咲き、木々の梢に新芽の息吹きを感じ、鳥の声も冴えわたる山の道も二人の足取りは重く気怠かった。

未だ冬枯れの残る平原の道を抜け参道に着く。石段を登り線香の煙が漂う本堂の前で手を合せ庫裏の玄関へ。

「ごめん下さい」

奥から面識のある若いお坊さんが顔を出した。「こんにちは、結城です」

「ああ、この間の……」

「ご無沙汰しております。和尚さまはいらっしゃいますか？」

ちょっと気の毒そうな顔をして、

「生憎所用で出掛けておりまして、今日はお戻りになりません。申し訳ございません」

と頭を下げた。

「いえいえ、突然お伺いしてこちらこそ申し訳ありません。では御面倒ですがお伝えして頂きたいのです。今度、進学のため上京することになり、お礼かたがたご報告に島崎共どもお伺いした次第です」

「さようですか、お帰りになりましたら、結城さま、島崎さまがお見えになったことをお伝えしておきます」

「どうぞよろしくお願いします」

純一は彼女と目を合せながら、

「すみませんが御本尊にお参りさせて頂きたいのですが……」

「ああ、どうぞどうぞ、御遠慮なく。ここからお上がり下さい。ご案内しましょう」

と若いお坊さんは気軽に本堂へ一緒に連れて行ってくれた。

仏前で焼香し、御本尊に手を合せ大願成就の報告と和尚さまへのお礼とお別れを告げた。お坊さんに礼を言って庫裏を出た。

足繁く通ったこの寺とも、今日でお別れと思うと、来し方が偲ばれて胸に迫り感慨無量だ。後ろ髪を引かれる思いで境内を出た。

参道の顔馴染みの小母さんの店に顔を出す。

「小母さん、こんにちは」

「ああ結城さん、お出でんせい。ああ、今日は二人で仲良くお参りかい」

「こんにちは、お久しぶりです」

彼女の挨拶に、

「よう来なさったなあ」

何時もの笑顔が、今日は心が引かれるものがあった。

「今日は草だんごがあるとじゃ、食べていかれい」

何時ものように備前焼の皿に盛って出してくれた。

「今度、東京へ勉強しに行くことになったんじゃ、小母さんともお別れじゃなあ」

「ええっ、それじゃあ寂しゅうなるなあ、で何時行かれるん」

「今月じゃ」

「そりゃ、まあ、急じゃなあ」

小母さんの言葉に釣られて純一の方言が飛び出す。彼女が下を向いてくすくす笑った。

「ほんなら奥さんも一緒に行かれるとなあ」

「えっ」

驚いて純一は言葉に詰まった。

「いやあ、私一人で」

「そりゃあ奥さんは寂しいなあ、一緒に行かれりゃいいのになあ、早く東京へ呼んであげられい」

矢継早やの言葉に否定する間もなく、戸惑い慌ててしまった。彼女はちょっと顔を赤らめ複雑な表情を浮かべていた。

「じゃあ、小母さんも元気でね」

「ああ、ありがとう、気を付けて行きんさいやあ」

「さようなら」

「さようなら」

どんな時でも別れは辛く哀しいものだ。振返ると小母さんが店の前に立って一生懸命手を振っていた。

少し山を下り何時もの谷川の岩の上に二人は腰を下した。愛し合う二人にとって無情で残酷な別離という厳しい現実が、悲哀という黒い雲となって心を覆っていた。春の青い空に薄い靄った白い雲が広がっている。二人は春の水が豊かに流れ落ちる行方を、黙ってそれぞれの思いを込めてじっと見詰めていた。

「純一さん！　躰に気を付けて頑張って勉強して下さい」

やっと彼女の口から絞り出すような渇いた言葉が出た。

「ありがとう、理紗子さんも躰を大事にして、早く元気になって下さい」

「大丈夫、純一さんが見守ってくれていると思って頑張ります。必ず手紙を下さい」

「勿論、医学も進歩し薬も良いものが出始めているし、きっと良くなるよ」

「ありがとう、遠く離れて居ても心は何時も通い合うようにしたいです」

「理紗子さんと会って本当に良かった。神様に感謝しなければならない。あの片上での出会いは一生忘れることは無いでしょう」

人の邂逅の不思議さをつくづく思う純一だ。

「純一さん、今日は私の繰り言を聞いて下さい」

と彼女は堰を切ったように語り始めた。

「私は純一さんを知り、好きになりました。会いたいと思う気持も日々に強く、明るく嬉しさで心が豊かになり、幸せを感じるようになりました。それは私の唯一の生きがいとなっています。生きていて良かったとつくづく思います。そして私の躰にも良い結果をもたらしてくれたと思います。今日お伺いしたお寺の和尚さまにお目にかかり私の決心を御伝え出来ず残念でしたが、和尚さまは私に前を向く心と生きる勇気を与えてくれました。和尚さまの教えは私の心の中に何時までも生き続けるでしょう。別れることは辛く哀しいことだけれど人を愛することの喜びと幸せを神様が与えてくれました。離れることによって私達の愛は終ったわけではない。失ったわけでもない。違った形で新しい愛が生れることを信じます。この二年間、本当に私は幸せでした」

と伏せた瞳の涙に、純一は憐憫の情の高まりに胸が苦しくなり、突き上げてくる激情を抑えることが出来ず思わず彼女を引き寄せた。

「理紗子さん！」

「純一さん！」

同時に叫び抱いた腕に力が加わり唇を合せようとした。

「ダメ！」

彼女が突然声を放った。

「えっ、どうしたの、なぜ！」

「今日はダメ、ダメなの」

と涙声になる。しかし言葉とは裏腹に燃える恋情が躰を駆け抜け、走り出し止めることが出来ないのか、日頃から慎しみ深い彼女の口から、

「ダメ！　抱いて！」

叫ぶと激しくむしゃぶりついてきた。ハッと純一は閃いた、病の身、純一の身を案じての言葉だ。彼女の一途の思いの愛に、深く強い感動を覚え彼女の願いをしっかり受け留めて愛撫した。二人の別離という表現は互いに愛を確かめ合って愛撫することしかなかった。「さようなら」という別れの言葉はなかなか言い出せない。いや言いたくなかった。何時までもこのままで居たいと願う二人だが時間を止めることは出来ない。谷川の水の流れの上にも夕暮れの木々の陰が濃く薄く映し出されて来た。

「お別れね。上京する時は岡山の駅まで見送りに行きます」

「そう、ありがとう。その日は早めに会って後楽園でも散歩しよう」

「楽しみにしています。じゃあ、指切り」

と手を取る。

童心に返った彼女の言葉に少し救われた。

「じゃあ、遅くなるから今日は帰ろう」

「今日は私が後から帰ります。先に帰って下さい」

「えっどうして、大丈夫?」

「大丈夫よ、今日はそうさせて、純一さんを見送りたいの」

「わかった。じゃあ気を付けて。冷えると躰に悪いから」

「解りました」

彼女の両肩に手を置いて、額に唇をそっと触れた。

後に心を残しながら岩場を出て谷川沿いの道に出た。谷川のせせらぎが耳についた。ふと立ち止まった。嗚咽がもれて来た。突然、炎のような思慕の情が全身を貫き、もう一度戻りたい。愛していると叫び抱き締めたかった。純一は振切るように暮れなずむ白く浮き出た山道を駆け下りた。舞い落ちる水の音だけが耳を打った。彼女の清らかで美しい愛を踏み躙ったという悔悟の念を抱きながら……。

惜別

十五歳の夏、日本が戦争に負け降伏した。その日から純一の運命は想像出来ないほどの激変をした。日本が勝つことを信じ、負けるなど夢にも思っていなかった。

「忠君愛国、滅私奉公」の国是の路線をまっしぐらに駆け続けた。そのための死こそ人間の最高の栄誉と讃美した教育を受けた純一だった。思えば人生に対する自己認識などという哲学的思考など全くない、ただ物体としての扱いであった。敗戦という事実に、何の疑問を持たず走り続けていた路線を突然破壊され、行き場を失って茫然自失、そこには戸惑い、逡巡、絶望なすすべもなく踠き苦しむ自分の姿しかなかった。それは時代の波に翻弄される波瀾の人生の始まりとなった。

また、一方では故郷と思う地を追われ、衣食住すべての基盤を失い生きていくための闘い。怒濤のように次から次へと押し寄せる生活苦の嵐の前に生命を脅かす日々。純一にとっての戦後は生きるための過酷な戦争だった。よくぞここまで生き長らえて来たと自分を愛おしく思う。来し方を振返ってみると、軍人としての道を閉ざされ、即日帰郷となった時、帰る家も無く途方に暮れていた純一に声を掛けて、

「俺の郷里へ一緒に来い、復学して母達が日本へ引揚げて来るのを待って居たらどうか」

と誘ってくれた教官、九州をさ迷い盗難に遭い、行く宛てもなく駅で蹲っていた純一に声を掛け、宿を提供してくれた農家の主人田中さん。

朝鮮人の引揚げ船で嵐の中、甲板で倒れ、すんでのところ海に投げ出されるところを救ってくれた日本人の船長さん。上陸した汽車の中で、空腹で疲弊していたのを見て声を掛け、事情を聞いて「何かこれで買って食べなさい」と言って紙幣を交換してくれた日本人の小父さん。

朝鮮での孤立した純一の家族のために食料や日用品をこっそり運んでくれた崔さん。李さん。不安の日々を肩を寄せ合って助け合い生活した日本人の人達。日本への第一歩、仙崎港に着き宿を提供し、風呂に入れてくれ、炊立ての白い御飯に暖かい味噌汁、新鮮な魚に香の物、純一達にとっては忘れられない最高の御馳走を振る舞ってくれた地元の方々。多くの人々に助け支えられながらやっと祖父の地、日本の土を踏むことが出来た。

初めての未知の国日本での生活、失った故郷を慕う気持が強く、なかなか馴染めなかった土地であったが、その中にあって多くの人々に支え助けられて今日を迎えられたことは感謝以外に何もない。特に将来への絶望から死の淵に沈もうとする純一に夢の道を説いてくれた寺の和尚さん、夢の実現のため精神的に支え励ましてくれ、愛という最高の贈り物をしてくれた島崎理紗子という一人の女性、なんと感謝してよいのか言葉が見付からない。

人生の恩人と呼ぶにしても言葉足らずで、表現の方法がない偉大な存在であった。この二人に会わなかったら今日の自分は居なかったのではないだろうか。

帰国して早や七年余りの歳月を経た。思えば物心ついてからは、渇き荒れた砂漠を歩むような人生であったが、人情というオアシスに支え助けられ励まされてここまでやって来ることが出来たと思う。

人生には幾つかの転機があるように思う。時の流れに身を投じなければならない転機。自分自身で作り出し飛び込んでいく転機。その時、人はどう選択し、どのような気構えで対処していくか。それによって、その人の人生は大きく左右されるであろう。今回は自身が作り出した転機である。何等躊躇するものはなかった。むしろ敢然と立ち向かう勇気が湧いてくる。世情は未だ敗戦の痛手から立ち直らず、インフレの波は生活を脅かし安定とは言い難い。東京は未知の世界だ。上京後の生活は収入の当ても無く保障も無い。けれども恐れや不安は全く感じない、むしろ解き放たれた籠の鳥が青空に嬉々として飛び立つように、意欲、情熱、躍動感に満ち、都会での生活を闘い抜く決心だ。これも困難に打ち勝ち波濤を乗り越えてきた体験が、強い意志と信念を作りあげて来たのだと思い感謝している。

ひとつ気掛りになることは、妹静香のことである。育ち盛りの年代を劣悪な環境のもとでの生活で、健康が蝕まれ、栄養失調から肋膜、肺浸潤と進み一時は予断を許さなかったが奇跡的に快癒した。しかしその痕跡が以後の進路に大きく影を落としていた。専門学校進学、就職、いずれも学科試験は合格するが身体検査で落とされる結果を招いていた。後は自分で手に職を付ける以外に生きる道は無い。現在は洋裁学校に通っているがこのまま置いておくわけにはいかない。いずれ東京へ呼んでやることを考えている。苦労を共にして来た妹への兄としての責務だと思っている。それまで元気で頑張って欲しいと願うばかりだ。

旅立ちの準備に忙殺されていた純一のもとに一通の封書が届いた。差出人は島崎律子となっていた。「はて」と一瞬不安が横切って危ぶみながら封を切った。理紗子さんの母上からの手紙だ。思わず目を疑い、懸念していた心配が現実となって純一の心に暗い影を落とした。

〈数日前から、理紗子は微熱が続き、全身に怠さを感じ、医師の診断で入院必要と勧められ、中央病院に入院しました。純一さんを出発当日に見送りに行くと言っていましたが、ちょっとこの分では無理だと思います。今のところ特に心配はありませんが、安静にとのことです。とりあえずお知らせして置きます。〉

との文面で結んであった。

どの程度なのだろう、大丈夫か？　会って確かめたいと心が乱れる。もう出発も間近に迫り余裕はない。会いに行くのは無理だ。諦めるより他はない。このままでは……ふと思い付いた。とりあえず見舞の花を送ろうと倉敷の花富に電話を掛ける。出て来た小母さんに、

「何時もお世話になっている理紗子さんの友人の結城です」

「ああ結城さんか、しばらくじゃな」

「実は理紗子さんのお母様からの知らせで、理紗子さんが入院したとのこと、病院へ行きたいのですが、東京へ行く出発の日が迫って、行くのは無理なので、見舞の花を送って欲しいのですが」

「あら、そう。近ごろ体調が優れないとかでお休みしているんじゃが、そうかそりゃ心配じゃ

なあ、解った。それじゃあどんな花がええんかな」

「彼女ピンク色が好きだから、白い花にピンクがかったのが良いと思いますけど」

「そうじゃ、今、白色にピンクが少し入った小さな花の薔薇があるんじゃが？」

「じゃあそれにして下さい。それで手紙を書いて送りますので、それを添えて届けて下さい。代金は郵便為替で送りますから」

「ああいいよ、東京へ行きんさると聞いていたが、理紗子さんが心配じゃなあ、手紙送ってちょうだい。私も心配じゃから、島崎さんところへ行ってみるから」

「そうですか、よろしくお願いします」

電話を切る。

「純一さんの夢が実現出来て私も嬉しい」と自分のことのように喜んでくれた彼女の顔が浮かぶ。病気の身でありながら陰に陽に、純一を助け励まし、時には慰め、夢の実現のため支えてくれた、大切な人だ。忘れられない。一日も早く病を克服して、あの明るい笑顔の彼女になって欲しい。理紗子との別れは辛いけど離れていても、何時も心に抱き続けたい。

湿りがちになる心を奮い立たせながら、明るい文章に、と書き続けた。

中央病院の三階三〇五号室、理紗子はふっと眠りから醒めた。このところ躰が怠い日が続いていたが、何かすっきりした気分になったように感じた。

「あっ理紗子、目が醒めたの？　気分はどう」

とちょうど付き添いに来ていた母が心配そうに覗き込んだ。

「少し良くなった感じがするわ」

「そう、それは良かった。熱を測ってごらん」

母が体温計を渡す。

「ああ、先ほど純一さんからの見舞いと言って花富の小母さんが花を届けてくれたよ」

「えっ、純一さんに知らせたの？」

「当り前ですよ、そんな躰で見送りなど行けるわけないでしょ、行くと言って行かなければ、純一さんは余計な心配するじゃないの」

「そうね。晴れの門出に心配かけてはいけないもの。どうもありがとう」

「じゃあ、夕食の支度があるから帰るからね。また、明日来るから」

と病室を出て行った。

理紗子は早速封を切った。便せん三枚に見馴れた彼の右上がりで大きく伸び伸びした筆跡。純一らしいと何かいつもと違った新鮮な気持で見惚れた。

〈微熱が続いているとのことで、この間の岩場で会ったのが、春とはいえちょっと冷えたのではと心配しています〉

いつものように親しみを込め躰のことを心配して、優しく労わってくれる文章から愛情が溢れていた。

〈出発する日に会えると楽しみにしていましたが、会えば逆に悲しくなるかもしれないので、その方が良かったのではと思います。当日は友人達が三、四人岡山駅まで見送りに来てくれるとのことです。理紗子さんの写真と山吹の押し花、そして写経した般若心経を胸に抱いて岡山を離れます。理紗子さんの快癒を信じて……。元気になることを祈っています。私は『さようなら』は言いません。『行って来ます』の言葉を理紗子さんに捧げます。出発の日は天気も良く、お月さまも出るでしょう。私達の間を取り持ってくれた月を眺めて話をしましょう〉

純一らしい前向きな明るい言葉に思わず心が和み笑みが浮かんだ。出発は今日の夕方だ。理紗子は手紙をそっと抱いて物思いに耽った。

陽は西に傾きながら柔らかく暖かい春の光を、病室の窓を通して優しく射しこんでいた。理紗子の脳裏にはこの二年間の思い出が走馬灯のように浮かんだ。

発病し婚家から実家に帰された傷心の身と、引揚げ者で故郷とも思う地を追われ、学業半ばで夢を失い苦悩していた純一、共に傷付いた二人が偶然に片上という地で出合い、声を掛けられ誘われて食事を共にした時、涙が出るほど嬉しかった。それ以来、彼の影が理紗子の心に日に日に大きくなっていった。

二年間の短い間だったが、二人にはすばらしい、熱い思いの愛の炎を燃やし続けた日々であった。会う度に理紗子の心は明るく喜びに震え、人としての生きる意味、目的を教えられ、生きる力を引き出してくれた。愛し愛され、そして女性としての喜びを与えてくれた。人を愛することの素晴らしさをしみじみ感じた。

純一のためなら死んでもいいと思える自分に日々変っていくのに驚いた。彼のために尽くしたいと思うことが生きがいになった。それは自分が男性に対して意識した初めての経験だ。これは決して自己を犠牲にすることではない、彼に対する愛の中から生れた自分の価値観なのだ。

理紗子自身が画きだした純一の夢を叶えてあげたいと願う二年間だったが、それが実現したいま、離れることは辛いけど晴れの門出を心から祝ってあげよう。その間、病に倒れることもなく、躰に何の心配もなく、健康な状態で来られたのは、神様が理紗子の身を案じ、病の進行を止めて見守って下さったのだと思う。

病床に伏す身となった理紗子に先生は「大丈夫、いまは医術も進歩し、良い薬もあるので気を楽にして頑張るように」と元気づけてくれるが、自分の躰は自分がよく解る。再発した微熱と寝汗が続く病状は楽観を許さないような気がするし、完全な治癒は望めないように思う。これが自分の運命なのだろう。全力を尽くした理紗子の願いは、大輪の花として自分の人生に彩りを添えてくれた。離れることは辛いけど、より新たな、より深く強い違った形で甦る愛となることを信じたい。

病床に飾られた小さなピンクの薔薇は、純一が優しく微笑んで見守ってくれているように思えた。

その日、純一の七年間の鶴海での生活の中で得た、数少ない三人の友人が岡山まで送ってくれた。日本三名園のひとつとして親しまれる後楽園で景色を眺めながら散策した。桜や躑躅の芽が開花の準備をしていた。食事を共にし、互いの友情を確かめ合いながら、惜別と祝福の半日を過ごした。

操車場に行き交う煤けた黒い貨車の影が長く尾を引き、早春の夕闇が黒ずんだ駅舎のまわりを包み始めた頃、発車のベルが鳴り終ると、東京行の夜行列車が静かに動き出した。人影も疎らな岡山駅のプラットフォームの柱を背にして、三人の友が、「元気でな！　頑張れよ！」と口々に声をかけ、手を振ってくれる。純一は車窓から身を乗り出して答えようとするが、じんと込み上げてくる感情の涙で声にならず、何度も何度も頭をさげ、見えなくなるまで何時までも手を振った。

昭和二十八年の仲春、岡山での生活に別れを告げ、上京の途についた。二十三歳、青雲の志というが、遅い人生の船出であった。


病室の理紗子は、側のハンドバックから、パフを取り出し頬を軽く叩いてほんのりと紅色をはき、唇に薄いピンクの口紅を差した。純一がとても上品で綺麗な色だと言って、一緒にデパートで買った口紅だった。少し髪形を繕って病床から降り窓際に立った。

出発する日はお互いに月を見ようとの約束だ。

もうすっかり日が暮れ暗い空が広がっている。薄く掃いたような白い雲の上の春の月は朧月だった。

「今頃純一さんはどの辺りだろう。友人達が見送りに来てくれると書いてあったが寂しい門出になっていないだろうか」

次から次へと思い巡らせながら月を眺めた。純一さんもきっとこの月を見ながら、

「行って来ます」

と理紗子に声を掛けてくれている。

「私のことは心配しないで、元気で行ってらっしゃい。行ってらっしゃい！」

と声を出し月に向かって手を振った。これが夫を送り出す妻の心境かと思う。月光がそんな理紗子の全身を窓を通し静かに柔らかく包んでくれた。

汽車は街や山野を後にして岡山の地を離れて行った。この一カ月余、上京準備や挨拶に追われた日々であったが、久しぶりに我に返った気分になった。〈理紗子さんは、どうしているだろうか、病は？〉と流れ行く窓外の夕景をぼんやり見ながら思いを馳せた。顔を出した春の月は、幾分黄色味を帯び靄がかった朧の月だ。

「ボオー」と汽笛が一声、別れの汽笛か。吐く黒煙が平原を流れて行く。

「理紗子さん行って来ます。早く元気になってー」

とデッキで叫んだ。その声を乗せて、また、汽笛と黒煙が濃く広がり別れの地へ消えて行った。

あとがき

一九四五年八月十五日。朝鮮の親元を離れ、山口県の三田尻で海軍軍人としての教育を受けていた私は、焼け付くような太陽のもとで玉音放送を拝聴した。信じられない神国日本の敗戦だった。軍人として国難に殉ずる覚悟の特攻隊予備軍として、日夜猛訓練に励み、日本の勝利を信じていた。

青天の霹靂、突然目標を失い歩む道をも失って茫然自失、なす術もない混乱した状態に陥った。何のための訓練だったのか自問自答し、鬱積する情熱のやり場のなさに悶々とする日々となった。

同時に従容として死に向かい、散って行った先輩達に思いを巡らせた。「無駄死にだったのではないだろうか」と遣る瀬無い思いに陥った。それから七十一年の歳月が流れた。

『きけわだつみの声』や、靖国神社の遊就館に、十代後半から二十代前半の若い男女の遺書が展示されている。国を憂い、家族の幸せを願う、清らかで純粋、一途の思いの心情が縷々として綴られている。胸に迫るものがあり涙なくしてはいられない。

私達は今一度、改めて当時の状況を思い浮かべ、若者たちの心情を汲みとり、彼等の死が現在の豊かな生活の基盤になっていることを認識し、それが無駄ではなかったことを報告して、鎮魂の意を表したいと思うのである。決して風化させてはならない歴史の事実である。

そして、戦争と平和を願い、体験した遺産を回想するだけにとどめずに、貴重な教訓として後世に伝え、若い世代の方々には、グローバルの視点から日本の未来像を展望し、国の繁栄のため努力して頂きたいと切に願うのである。

当時を振返ってみると、敗戦という事実のもとで、日本がひたすら生きた時代であったといえる。戦いは終ったものの、混乱と不安、食糧危機に喘ぐ日々、戦火で荒れ果てた国土の復興、負わされた使命を一途に励まねばならなかった。この中にあって私達世代は自己を顧みる余裕もなく、個人の欲するもの好きなことを自由に選択し実行するなど夢の夢、全く考えも付かなかった。

生活の中に自分を取り戻し、心の余裕が可能になり、行動出来る環境が生れたのは、定年後と言ってよい。私の場合、長らく潜在していた文学への思いが芽を吹き、早稲田文学に憧れ、社会人のためのオープンカレッジに籍を置くことから始まった。主に文学、仏教、心理学を専攻、その間、本当に充実した歳月であった。

念願叶って、全単位を終了。総長から修了証を手渡された時、初めて自分の思い通りの学問が出来たという充実感と、達成の感動と喜びが湧いた。

毎年八月十五日。灼熱の太陽が照り付け、彼方の空に入道雲が湧き立つ時、私の心の傷が深く疼く。

敗戦、朝鮮の地から引揚げた私だ。一瞬にして『国破れて山河なし』生育の地「ふるさと」を追われる身となった。衣食住、生活の基盤喪失という境遇に落とされた。生きるための惨めで苛酷の生活が待っていた。その日から私の日々は、砂漠を歩む人生、その中で人情というオアシスに助けられ、不思議な運命を辿りながら生きながらえて来た。よくぞ生きてきたと感謝の他はない。

齢八十六歳、友人、知人の多くは次々と世を去った。少しでも当時の世相、生活を知って頂ければとの思いが募り、私小説に手を染めた。昭和二十年前後を背景に、時代の波濤の中で、人間的苦悩を抱え、夢と希望、そして愛に生きる若者の姿の物語となった。

大学では、文体論の権威、中村明名誉教授に修辞法を学ぶとともに、先生のもとでの「航跡の会」の同人として、合評会に参加させて頂き、ご指導を受けたこと。若い方達の文学作品に「今浦島」の私、今様の表現の仕方や新しい知識を得たこと。共に今回作品の基盤となったことは言うまでもない。

また、長谷川郁夫教授に作品を読んで頂く機会を得て、推輓して下さり、推敲、校閲のご指導を頂き、今回の出版の運びとなった。

両先生のお蔭により脱稿することが出来、本当にありがたく感謝申し上げます。

創作に当っては、友人越石和男氏が、長丁場に挫けそうになる私を、陰に陽に支え励ましてくださった。彼なくしては作品の完成はなかったと言っても過言ではない。心から深甚の謝意を表します。

出版に当り、田畑書店社長、大槻慎二氏には適切なる助言、配慮を頂き、すべてお任せすることが出来、また同書店の今須さん、校正者の森田さんにはお世話になりました。その他多くの方々のご支援により上梓出来たこと、紙上を借りてお礼を申し上げる次第です。

そして願わくば現代の若い人達に是非読んで頂き、当時を知る一齣として心に留め置いて貰えれば、と切望する次第です。

最後に、完成を見ることなく、今年の二月、五十二歳で急逝した息子裕之と、亡き妻の墓前に本書を捧げたい。

平成二十八年八月

長谷川順三

長谷川順三（はせがわ　じゅんぞう）
1930年、朝鮮（現・韓国）に生まれる。45年、太平洋戦争終戦後、本国に引揚げる。都市銀行にて社会保険労務士として企業年金業務を担当。定年退職後、社会貢献と自己研鑽を目的に、年金基金研究会を仲間と設立する。一方、早稲田大学オープンカレッジにて文学・仏教・心理学等を専攻。大学の同人誌「航跡」に参加し、執筆を始める。現在、早稲田大学エクステンションセンター中野校にて長谷川郁夫氏に師事し、創作活動を続けている。

波濤《はとう》の虹

2016年10月25日　印刷
2016年10月31日　発行

著者　長谷川順三

発行人　大槻慎二
発行所　株式会社　田畑書店
〒102-0074　東京都千代田区九段南3-2-2　森ビル5階
tel 03-6272-5718　fax 03-3261-2263
印刷・製本　中央精版印刷

Printed in Japan
ISBN978-4-8038-0337-2 C0093
定価はカバーに表示してあります
落丁・乱丁本はお取り替えいたします